Hermann Dechent

Ueber das erste, zweite und elfte Buch der Sibyllinischen Weissagungen

Hermann Dechent

Ueber das erste, zweite und elfte Buch der Sibyllinischen Weissagungen

ISBN/EAN: 9783744624008

Hergestellt in Europa, USA, Kanada, Australien, Japan

Cover: Foto ©Andreas Hilbeck / pixelio.de

Weitere Bücher finden Sie auf **www.hansebooks.com**

Ueber
das erste, zweite und elfte Buch
der
Sibyllinischen Weissagungen.

Inaugural-Dissertation

zur

Erlangung der Doctorwürde in der philosophischen
Facultät der Universität Jena

von

H. Dechent,
evang. Prediger in Frankfurt am Main.

FRANKFURT AM MAIN
Druckerei von August Osterrieth.
1878.

Der Grund, der mich veranlasst, gerade diese drei Bücher einer Untersuchung zu unterwerfen, ist die Ueberzeugung, dass sie in einer früheren Zeit verfasst sind, als man gewöhnlich annimmt. Man hat wohl öfter schon diese Schriften bei Untersuchung der sibyllinischen Orakel zusammengestellt; aber gerade aus dem entgegengesetzten Grunde, weil man sie für sehr späte Bestandtheile der Sammlung hielt. Meist erklärte man dann unter den drei Büchern Buch XI für das jüngste Produkt und nahm an, dass ein Dichter die vier letzten Bücher (B. XI—XIV) verfasst habe. Dies ist die von den meisten Gelehrten aufgestellte Ansicht. Doch ist die oben ausgesprochene Behauptung einer viel früheren Abfassungszeit, die bei so vielen trefflichen Vorarbeiten allzu gewagt erscheinen möchte, nicht völlig neu. Denn von den beiden ersten Büchern hat Friedlieb*) einen grossen Theil einem jüdischen Dichter des zweiten Jahrhunderts zugeschrieben; und über Buch XI hat Lücke**) die Vermuthung ausgesprochen, dass es ein jüdisch-alexandrinisches Produkt aus der Zeit des Antonius und der Cleopatra sei. Aber nicht nur die Abfassungszeit der drei Bücher ist streitig, sondern auch der religiöse

---

*) Friedlieb, die sibyllinischen Weissagungen. Leipzig 1852. p. XIX.

**) Lücke, Versuch einer vollständigen Einleitung in die Offenbarung Johannes, 2. Aufl., § 10, S. 81. § 15, S. 269 f. nimmt er seine erste Ansicht wieder zurück.

Standpunkt ihrer Verfasser. Endlich erhebt sich bei B. I und II die wichtige Frage, ob sie in ihrem ursprünglichen Zustande erhalten sind, oder ob sich frühere und spätere Bestandtheile unterscheiden lassen.

Theil I.
Ueber Buch I. und II.

Die Untersuchung der beiden ersten Bücher erfolgt zuerst, da sie einmal die erste Stelle in der Sammlung sibyllinischer Orakel eingenommen haben. Eine **Zusammenstellung der wichtigsten Hypothesen** über B. I und II mag zunächst die grosse Verschiedenheit der Ansichten zeigen.

Friedlieb nimmt an, dass B. I, v. 1—323 von einem jüdischen Dichter, das Ende des Buches aber von einem Christen verfasst sei, der gegen das Ende des zweiten Jahrhunderts gelebt habe. Er führt zum Theil dieselben Gründe auf, die früher **Thorlacius***) bewogen hatten, gleichfalls zwei Theile im I. Buche zu unterscheiden, doch nicht einen jüdischen und einen christlichen, sondern einen judenchristlichen und einen heidenchristlichen. Aber Thorlacius liess den zweiten Theil v. 291 beginnen, wogegen schon Bleek **) sich erklärt hat. Denn nach v. 3 will die Sibylle nicht bloss das, was vor Zeiten geschehen ist, verkünden, sondern auch, was in Zukunft geschehen wird; sie will nicht nur rückwärts blickende, sondern auch vorwärts schauende Prophetin sein. Also darf man nicht ihre Weissagung da enden lassen, wo sie anfängt, Ereignisse zu verkünden, die nach der Zeit Noah's sich begeben sollen, in der sie nach ihrer Fiktion gelebt hat. Will man verschiedene Theile annehmen, so könnte man etwa den zweiten mit v. 319 beginnen lassen, da bis dahin ein ganz bestimmter Zu-

---

*) Birger Thorlacius, libri Sibyllistarum veteris ecclesiae crisi subjecti. Havniae 1815. p. 167.
**) Theologische Zeitschrift. Berlin 1819 I, S. 171.

sammenhang sich nachweisen lässt; besser aber nimmt man noch mit Friedlieb die folgenden 5 Verse (319—323) hinzu, weil sie sich an das Vorhergehende anschliessen. Da aber das Orakel mit v. 323 nicht endigen konnte, so empfiehlt sich Friedlieb's Annahme, dass der Dichter des zweiten Theiles das ursprüngliche Werk verstümmelt habe, um seine Weissagung einzuflechten. Dieser Ueberarbeiter hat nun nach Friedlieb den Rest des Buches und ebenso die fünf ersten Verse von B. II eingeschoben, dagegen denjenigen Theil des ursprünglichen Orakels, welcher sich auf das achte und neunte Geschlecht bezog, hinweggelassen. Das Stück II, v. 6—33 gehört wieder dem ersten Dichter an; der Rest von B. II aber ist von derselben christlichen Hand eingeschoben, die B. I, 324—400 verfasst. Von dieser Hypothese Friedslieb's unterscheidet sich wesentlich die Ansicht **Bleek's**. Denn er verlegt B. I und II in die erste Hälfte des 5. Jahrhunderts, erklärt beide für christlichen Ursprungs und schreibt sie einem einzigen Verfasser zu. Er sagt [*]): „Erst durch die auf die Leiden des zehnten Geschlechts folgende Hoffnung einer besseren Zeit und Aussicht auf die Schicksale der Menschen, der frommen und der bösen, nach dem Aufhören der Ordnung dieser Dinge erhält das Ganze seine Bedeutung; und nun erst ist der Ankündigung am Anfange des Buches genügt, wonach die Sibylle bis auf die letzten Geschlechter herab weissagen will, so dass man bei dem:

,ὁπόσσα δὲ μέλλει .
Ἔσσεσθαι κόσμῳ διὰ δυσσεβίας ἀνθρώπων'

wohl ganz besonders an das Weltende zu denken hat!" Er schliesst also aus dem Prologe des Buches, dass auch die eschatologischen Stellen in B. II von demselben Verfasser herrühren, der B. I geschrieben, was Friedlieb nicht annimmt, da er mit II, v. 33 die ursprüngliche Sibyllenschrift schliessen lässt. **Ewald**[**]) fasst die beiden Bücher gleichfalls zusammen,

---

[*]) a. a. O. S. 192 f.
[**]) Ewald in den Abhandlungen der Gesellschaft u. s. w. Göttingen 1858.

reiht ihnen aber noch als Anhang B. III, v. 1—96 an. Diese Schrift ist nach seiner Ansicht um 300 n. Chr. von einem Christen verfasst. Er nimmt an, dass ein Theil des Werkes verloren gegangen sei, in welchem der Dichter die Ereignisse vom Untergange Jerusalems bis auf seine Zeit geschildert habe; aber diese Lücke setzt er nicht nach v. 323, sondern nach v. 400. **Reuss***) stellt die Ansicht auf, dass B. I und II erst nach der Mitte des 4. Jahrhunderts von einem Christen verfasst seien und behauptet, wie Ewald, dass zwischen den beiden Büchern ein Stück hinweggefallen sei. **Alexandre****) nimmt verschiedene Bestandtheile an, die durch den letzten Sammler „retractirt, verstümmelt, interpolirt und vermehrt worden seien" und so ihre jetzige Gestalt erhalten hätten. Auch er behauptet, wie Friedlieb, dass ursprünglich nach B. I, v. 323 eine Schilderung des griechischen und römischen Weltreichs gestanden habe.

Es wäre nicht möglich, eine Widerlegung all dieser Ansichten zu versuchen, ohne eine Menge von Einzelnheiten vorwegzunehmen, die erst später näher beleuchtet werden können. Im Laufe der Untersuchung wird sich aber eine Reihe von Erscheinungen zeigen, die bei keiner jener Hypothesen sich völlig erklären und darum die Aufstellung einer neuen Ansicht rechtfertigen. Solche neue Gesichtspunkte werden sich übrigens nur hinsichtlich des zweiten Buches ergeben, während in Betreff des ersten Buches die Darstellung sich den Resultaten Friedlieb's anschliessen wird. Der **Hauptzweck der Abhandlung ist** nämlich, **nachzuweisen, dass auch in der zweiten Hälfte von B. II sich noch Theile des von Friedlieb angenommenen ursprünglichen Sibyllenwerks finden.**

Ehe die Fragen nach der Abfassungszeit, dem religiösen Charakter und dem inneren Zusammenhang der beiden

---

*) Nouvelle Revue de Théologie, 1861 (Les Sibylles chrétiennes) p. 198—274 und Realencyclopädie von Herzog, unter dem Artikel: „Sibyllen".

**) Oracula Sibyllina, edidit Alexandre, 1869.

Bücher in's Auge gefasst werden können, ist es nothwendig, die **einzelnen Theile** zu untersuchen, um die ursprünglichen Bestandtheile von den späteren Zuthaten zu sondern. Was den **Inhalt** des **ersten Theiles von B. I** (v. 1—323) betrifft, so enthält er eine Darstellung der Schöpfung der Welt und der Menschen, des Sündenfalles und der Sintfluth, sowie der ersten Zeit nach Noah. Dieser ganze Zeitraum wird in Geschlechter eingetheilt, von welchen fünf vor der Sintfluth lebten, die andern nach derselben. Von dieser Katastrophe an bis zum Schlusse des Abschnittes (v. 323) sollen nach Friedlieb noch zwei Geschlechter geschildert sein; die Beschreibung der Schicksale des achten und neunten Geschlechtes aber sei vom Ueberarbeiter hinweggelassen worden. Aber Bleek's Ansicht verdient den Vorzug, nach welcher v. 308 weder eine siebente γενεά beginnt, wie Friedlieb annimmt, noch eine zweite, wie Thorlacius meint, sondern vom zweiten γένος der sechsten γενεά die Rede ist. Cf. v. 308 mit v. 287. Danach wäre also auch die Schilderung des siebenten Geschlechtes weggefallen.

Von diesem Abschnitte behauptet Friedlieb mit Recht, **dass er unmöglich vom Verfasser des zweiten Theiles (I, v. 324—400) herrühren könne.** Es fragt sich nun, ob wirklich eine **Verschiedenheit** beider Bestandtheile sich nachweisen lässt. Friedlieb führt vor allem die **Verschiedenheit der Quellen** an. Er behauptet[*], dass in dem ersten Theile, der von einem jüdischen Dichter herrühre, überall das alte Testament als Quelle erscheine und dessen Darstellung mit griechischen Mythen harmonisirt werde; der zweite Theil dagegen, den ein Christ gedichtet habe, sei vom Standpunkte des neuen Testamentes geschrieben und die Mittheilungen grösstentheils aus demselben entnommen.

Wenn diese Behauptung sich als richtig erweist, so darf man wohl mit Recht auf die Verschiedenheit der Verfasser beider Theile schliessen. Denn ein Stück von 323 Versen, in dem sich **keine Spur von Bekanntschaft mit dem neuen**

---

[*] a. a. O. p. XV f.

Testamente und dem Christenthume zeigt, dabei aber vielfache Benutzung des alten Testamentes, bezeugt klar seinen jüdischen Ursprung. Zu diesem Schlusse ist man um so mehr berechtigt, als der Verfasser des zweiten Theiles (I, v. 324—400) seinen christlichen Standpunkt auf's entschiedenste ausspricht. Dass v. 1—323 das alte Testament benutzt ist, bedarf keines besonderen Nachweises; es fragt sich nur, ob der Dichter nicht auch die Schriften des neuen Bundes und das Christenthum gekannt hat. Denn in letzterem Falle würde Friedlieb's Ansicht selbstverständlich unhaltbar sein. Es finden sich in diesem Stücke allerdings einzelne Wendungen, die an die Sprache des neuen Testamentes erinnern. So steht γενέσθαι θανάτου I, 82 und auch Mt. 16, 28; aber der Ausdruck war gleichfalls gebraucht im griechischen Original des vierten Buches Esra, c. VI, 26, wo die lateinische Uebersetzung gustare mortem bietet. Es könnten ferner die Namen σωτήρ und μέγας θεός für Gott als Anklänge aus dem Titusbrief erscheinen; doch findet sich der Ausdruck σωτήρ schon in der griechischen Uebersetzung des alten Testamentes durch die Septuaginta; und die Wendung μέγας θεός steht auch in einer unzweifelhaft vorchristlichen Sibyllenschrift (B. III, v. 96). Andere Ausdrücke, die an das neue Testament erinnern, gehören zum Sprachschatz der alexandrinischen Literatur zu Christus' Zeit; aus keiner Wendung oder Stelle aber lässt sich schliessen, dass dieser Dichter die Schriften des neutestamentlichen Kanons gekannt habe.

Friedlieb führt ferner für seine Ansicht die **Verschiedenheit der in beiden Theilen vorkommenden Buchstabenräthsel** (v. 141 f. und v. 326 f.) an; aber diese ist so gering, dagegen die Aehnlichkeit beider so gross, dass man eher auf Identität des Verfassers schliessen könnte, wenn sich die Uebereinstimmung nicht auch aus der Nachahmung des späteren Dichters erklären liesse.

Wichtiger ist die **Stelle v. 293 f**, die Ewald*) wohl mit Recht auf **die drei Erzväter** bezieht, besonders da

---

*) a. a. O. S. 126.

nach v. 305 Gott Sabaoth immer Rath mit jenen Männern gepflogen hat. Diese Achtung vor den Patriarchen würde zwar durchaus nicht gegen christlichen Ursprung beweisen *); aber wenn jene Annahme richtig ist, muss die Stelle v. 291—293 b anders gedeutet werden, als gewöhnlich geschieht. Alexandre findet das Bild maximae fertilitatis in diesen Versen; doch die Stelle muss einen viel specielleren Sinn haben. Bleek u. a. deuten die Stelle auf den Messias; aber weder ein Jude noch ein Christ hätte die Ankunft desselben in das erste Geschlecht nach der Sintfluth gesetzt. Lücke erinnert mit Recht an die Stelle Hosea 9, 10, will aber doch unter der Blüthe den Messias verstehen. Es heisst daselbst: ἀς σκοπὸν ἐν συκῇ πρώϊμον εὗρον τοὺς πατέρας αὐτῶν (LXX). Demnach scheint sich auch v. 291 auf das jüdische Volk zu beziehen **), welches zur mittleren Zeit (?) königliche Herrschaft (der Patriarchen) erhalten werde. Aeussert sich aber der Dichter so über das jüdische Volk, so ist er auch nicht identisch mit dem des zweiten Theiles, der den „Hebräern" im höchsten Grade abgeneigt ist (I, v. 346. 387, 395 f.).

Schon der Umstand, dass B. I, v. 1—323 das alte Testament allein, nicht auch das neue benutzt, legt die Vermuthung nahe, dass dieser Theil von einem **jüdischen Dichter** herrührt. Es lässt sich nun freilich nicht beweisen, dass das Stück unchristliche oder antichristliche Stellen enthalte; aber es finden sich **manche Stellen, deren Inhalt ein Christ in ganz anderer Weise behandelt und verwerthet hätte.** Vergleicht man z. B. die Darstellung der Schöpfung des ersten Menschen in B. VIII mit der in B. I gegebenen Schilderung, so zeigt sich eine grosse Ver-

---

*) Cf. II, 247.

**) Es wäre möglich, dass der Dichter bei den πατέρες (Hosea 9, 10) speciell an die drei „Erzväter" gedacht hätte; dann wäre Ewald's Deutung völlig einleuchtend. Auch im Briefe an die Römer (c. 9, 5) sind mit den πατέρες wohl die „Erzväter" gemeint.

schiedenheit. In B. I schafft Gott den Menschen nach eigenem Bilde (v. 23); in B. VIII sagt Gott zu seinem Sohne (!): „Lasst uns Menschen machen nach dem eigenen Bilde" (v. 266). Jenes ist der einfache alttestamentliche Standpunkt; die christliche Exegese des patristischen Zeitalters aber findet durchweg in der Stelle Genesis 1, 26 einen Hinweis auf die Trinität. Der Ausdruck ἀντίτυπον μίμημα ferner bezieht sich I, v. 33 auf Eva; im christlichen Schlusse von B. I (v. 333) und in B. VIII (v. 230) findet sich dieselbe Wendung; doch hier ist es Christus, welcher als zweiter Adam das ἀντίτυπον μίμημα trägt. Auch die Stelle von der Verführung der ersten Menschen ist hier nicht dogmatisch verwerthet, während dem christlichen Verfasser von B. VIII v. 259 f. der Gedanke an die Wiederherstellung der verdorbenen Menschheit sich aufdrängt. Die Feindschaft von Weibessaamen und Schlangensaamen endlich wird nicht in christlichem Sinne auf den Kampf von Jesus mit dem Satan gedeutet, sondern ist noch in wörtlichem Sinne gefasst.

Gegen die Annahme Friedlieb's über den religiösen Standpunkt des Dichters könnte etwa geltend gemacht werden, was Bleek gegen Thorlacius anführt, der v. 1— 291 einem Judenchristen zuschreibt, dass die Sibylle sich nicht immer an die Genesis hält, sondern hie und da von derselben abweicht (254—256; 280 f.). Doch kann dies nicht als Beweis gegen den jüdischen Ursprung ihres Orakels dienen; denn sie schildert ja poetisch und braucht sich deshalb nicht ängstlich an die Darstellung des alten Testamentes zu halten. Andrerseits können der Gottesname Sabaoth (v. 304 und 316) und andere hebraisirende Ausdrücke nicht beweisen, dass der Dichter ein Jude gewesen sei; sie könnten ebenso gut von einem Judenchristen gebraucht sein, wie Thorlacius annimmt. Die Benutzung des Buches Henoch*) in diesem Theile kann gleichfalls nicht über die

---

*) Die γρήγοροι ἀλφηστῆρες sind die ἐγρήγοροι des Buches Henoch. Leider lässt sich nach dieser Stelle die interessante

Religion des Verfassers entscheiden, da dasselbe bei Juden (IV Esra, Baruch und Ascensio Mosis), wie bei Christen (Judasbrief, Testamentum XII patriarcharum u. a. m.), in grossem Ansehen stand. Doch scheint nach den oben angeführten Gründen der jüdische Ursprung von B. I, v. 1— 323 festzustehen.

Die **Abfassungszeit** dieses Stückes lässt sich erst feststellen, wenn die übrigen Bestandtheile des ursprünglichen Sibyllenwerkes von den späteren Zuthaten gesondert sind. Um indessen Anhaltspunkte zu gewinnen für die Untersuchung jener schwierigen Frage, ist es zweckdienlich das Verhältniss der einzelnen Theile zu den **Parallelstellen** aus den übrigen sibyllinischen Schriften zu untersuchen. Denn nach diesen Berührungen lässt sich wenigstens die eine Frage entscheiden, ob das ursprüngliche Werk, welches B. I und II zu Grunde lag, älter oder jünger gewesen ist, als die Schriften, mit denen es sich berührt.

Unter den Parallelstellen sind besonders wichtig VIII, 183—187, cf. I, 175—179; VII, 7 cf. I, 183; VII, 9—12, cf. I, 193—196. Alexandre entscheidet sich überall zu Ungunsten von B. I. Dass der Dichter dieses Buches allerdings in ungeschickter Weise B. III benutzt hat*), ist nicht zu läugnen; und insofern könnte es nicht überraschen, wenn auch andere Bücher in unpassender Weise ausgebeutet wären; aber das ist doch noch die Frage. Die blosse falsche Anwendung einer Stelle von B. III beweist noch nicht die späte Entstehung dieses Stückes; denn wie manche Dunkelheit des dritten Buches selbst ist nur durch ungeschickte Einflechtung älterer Orakel entstanden!

Was zunächst **v. 175—179** betrifft, so ist wahrscheinlich weder diese Stelle noch die parallele VIII, v. 183—187

Frage nicht entscheiden, ob der Verfasser dieser Sibyllenschrift schon eine griechische Uebersetzung jenes Buches gekannt hat, da der Ausdruck ebenso gut nach dem Urtext gewählt sein kann.

*) Cf. v. 184—187 und v. 132 f. mit III, v. 402—405.

völlig uncorrumpirt erhalten. Dies ergibt sich aus dem Vergleich von I, v. 176 und VIII, 185. In B. I findet sich die Wendung ἁρπασιαῖοι τύραννοι, die nicht zum Versmass passt *), in B. VIII aber das sprachlich unrichtige ἁυταυίῃσι τύραννοι. An beiden Stellen emendirt Alexandre wohl mit Recht: ἅρπαγες ἠδὲ τύραννοι. Aus anderen Berührungen beider Stellen ergibt sich sogar, dass der Dichter des einen Buches im andern einen bereits corrumpirten Text vorgefunden hat. B. I hat θ'ευ'ρεσσίλογοι, B. VIII ψεύδευσι λόγοις; B. I ἀπιστόκοροι, B. VIII ἀπιστόφιλοι. (Doch haben einige Codices des B. I die Lesart ἀπιστόφυλοι.) Sonst sind fast alle Ausdrücke gleich. Nur λεκρόκλοποι (B. I) hat keine Aehnlichkeit mit πιστοπορθεῖς (B. VIII), welches übrigens gegen das Versmass verstösst und ganz wie eine christliche Aenderung aussieht. Alexandre bemerkt nun zu I, v. 175 f., consequent seiner Ansicht über die Entstehungszeit von B. I und VIII, die Verse seien aus B. VIII male huc allati. Dagegen spricht von vornherein zu Gunsten von B. I der Umstand, dass hier die Verse recht passend als Einleitung zu einer Predigt des Noah vor der Sintfluth stehen. In B. VIII aber befinden sie sich in einem Fragmente, so dass sich nicht erkennen lässt, ob sie in jenem Zusammenhange überhaupt passend gewesen sind. Ferner ist die in den Versen vorkommende Wendung δύσφημα χέοντες in den beiden ersten Büchern öfter gebraucht (I, 124, II, 295), während sie in B. VIII sich nicht weiter findet. VIII, v. 182 scheint sogar auf die Parallelstelle von B. I hinzuweisen; denn es heisst ausdrücklich: ‚Ἀλλὰ πάλιν πράξουσιν ἀναιδέα θυμὸν ἔχοντες.‘ Sollte dies πάλιν nicht so zu erklären

---

*) Wenn das Wort ἁρπαυιαῖοι ursprünglich an dieser Stelle gestanden hätte, so liesse sich dies nur so erklären, dass der Dichter die Endung αιοι einsilbig gebraucht hätte. Ohne Zweifel verhält es sich so mit dieser Endung im Worte Ἑβραῖοι. I, 346, 387, 395, II, 170, 173, 175, 251. Nur II, 249 ist wohl Ἑβραῖοι dreisilbig gebraucht. Eine ähnliche Eigenthümlichkeit ist auch, dass II, v. 326 αὔριον zweisilbig zu lesen ist.

sein: Wie vormals zur Zeit der Sintfluth, so einst wiederum vor dem Untergange der Welt werden Menschen auftreten von unverschämter Gesinnung u. s. w.? Zu einer solchen Vergleichung der Zeit Noah's mit den letzten Tagen konnte den Dichter von B. VIII schon die Aehnlichkeit beider Katastrophen an sich veranlassen; ferner hatte auch Christus gesagt: Gleichwie es zu' der Zeit Noah's war, also wird auch sein die Zukunft des Menschensohnes (Mt. 24, 37). Noch ein Grund endlich spricht zu Gunsten von B. I. Die Stelle I, 185 f. erinnert an ein von Syncellus aufbewahrtes Fragment des Henochbuches *), welches offenbar zu einer Predigt des Noah vor der Sintfluth gehörte. Es heisst in diesem Stücke unter anderm: Καὶ νῦν λέγω ὑμῖν υἱοῖς ἀνθρώπων, ὀργὴ μεγάλη καθ'ὑμῶν — καὶ οὐ παύσεται ἡ ὀργὴ αὕτη ἀφ' ὑμῶν —. Dazu vergleiche I, v. 179: ‚Οὐκ ὀργήν τε θεοῦ δειδιότες ὑψίστοιο.' Vergleiche ferner zu der Stelle bei Syncellus: ‚Καὶ ἀπολοῦνται οἱ ἀγαπητοὶ ὑμῶν καὶ ἀποθανοῦνται οἱ ἔντιμοι ὑμῶν ἀπὸ πάσης τῆς γῆς — μὴ νομίζητε, ὅτι ἐκφεύξεσθε ταῦτα, B. I, v. 189: ‚Καὶ τότε κόσμος ἅπας ἀπειρεσίων ἀνθρώπων Θνήξεται'

Ist die Vermuthung richtig, dass jene Stelle bei Syncellus der hier besprochenen zu Grunde liegt, so ist die Originalität des B. I gegenüber dem B. VIII augenscheinlich; denn das letztere erwähnt neben dem Zürnen (μήνιμα) Gottes noch das der Menschen, was zu dem ursprünglichen Sinne gar nicht passt. So spricht denn alles hier gegen die Priorität vor B. VIII. Die übrigen Parallelstellen beider Bücher (I, v. 23, cf. VIII, 266; I, v. 33, cf. VIII, 270; I v. 39—41, cf. VIII, 261—262) beweisen nur, dass die Dichter verschiedenen Religionen angehörten **), zeigen aber nicht, welcher von beiden früher geschrieben hat. Doch ist es wenigstens wahrscheinlicher, dass die dogmatisch verwertheten Stellen die späteren sind. Auch ist es

---

*) Georgius Syncellus, p. 26, D; siehe bei Dillmann, das Buch Henoch 1853, S. 85.
**) Wie früher nachgewiesen, S. 7 f.

kaum denkbar, dass ein Jude eine so offenbar auf Christus hinweisende Schrift, wie B. VIII, benutzt hätte, während der umgekehrte Fall nicht abnorm wäre.

Das letztere Argument spricht auch für die Priorität von B. I (v. 1—323 gegenüber den **Parallelstellen aus dem siebenten Buche** *), das gleichfalls unverkennbar von einem christlichen Verfasser herrührt. Auch andere Gründe noch sprechen zu Gunsten von B. I. Während die Stellen dieses Buches sich in einer Busspredigt des Noah finden, in der sie recht passend sind, stehen die entsprechenden Verse von B. VII in einem Fragmente und, wie es scheint, ohne Zusammenhang mit dem Contexte. Auch die Beziehung auf Phrygien erklärt sich besser, wenn die Verse von B. I Original sind, da hier das Land noch einmal erwähnt wird (v. 261), während es in B. VII nicht wieder genannt wird. Es ist also weit wahrscheinlicher, dass wir in den ziemlich späten christlichen Gedichten B. VII und VIII Spuren von B. I finden, als umgekehrt.

Wie völlig anders als der erste Theil ist die **Schlusshälfte von B. I** (v. 324—400)! Schon der Inhalt ist ein ganz verschiedener. Das Leben und Sterben Jesu's, sowie die Schicksale seiner Gemeinde und der Juden bis zur Zerstörung Jerusalems werden hier geschildert. Und während I, v. 1—323 nirgends das neue Testament benutzt ist, wird hier nicht nur der Geschichtsstoff desselben vielfach reproducirt, sondern es finden sich sogar Stellen der kanonischen Evangelien fast wörtlich eingeflochten (v. 332—335; 340; 367). Und während jener Dichter dem jüdischen Volke angehört, steht dieser dem Judenthume nicht etwa bloss gleichgiltig, sondern selbst oppositionell gegenüber (v. 345, 360, 387 und 396); ja er hebt ausdrücklich hervor, dass das „neue Geschlecht" **) aus den Heiden

---

*) VII, 7 und 9—12, cf. I, 183 und 195—196.

**) Der Ausdruck νέος βλαστός ἐξ ἐθνῶν legt die Vermuthung nahe, dass dieser christliche Dichter bei der „vielfarbigen Blüthe" des ersten Theiles (v. 291 f.) auch an das jüdische Volk gedacht habe.

erstehen soll, v. 385 f ; cf. auch v. 346. Bleek sucht den Eindruck der Feindschaft dieses Dichters gegen die „Hebräer" durch den Hinweis auf v. 332 abzuschwächen:
‚Αὐτὸς πληρώσει δὲ Θεοῦ νόμον, οὐ καταλύσει.'
Aber dies ist eine wörtlich aus Mt. 5, 17 entlehnte Apologie den Juden gegenüber, die da sagten, Christus habe das von Gott gegebene Gesetz aufgelöst, doch durchaus keine judenfreundliche Concession. Ferner fehlt in dem ganzen Stücke jede Beziehung auf die im ersten Theile begonnene Rechnung nach Geschlechtern, desgleichen jede Anspielung auf heidnische Mythologie, also jede innere Verbindung mit dem Vorhergehenden.

Dagegen ist allerdings anzuerkennen, dass vielfach **dieselben Wendungen** wiederkehren, die sich im ersten Theile von B. I und den Bestandtheilen von B. II, die sich als echt erweisen werden, häufig finden. So steht v. 324 und 400 μέγας θεός (cf. I, 153, 165, 323, II, 26), v. 331 ἀθάνατος θεός (cf. I. 73, 122 und 153), v. 362 ὕψιστος (cf. I, 179, 200, 268, 282 und II. 177). Doch ist dies nicht von Belang, da dieselben Ausdrücke auch in den andern Sibyllenschriften gebraucht werden. Wichtiger ist, dass das seltene Wort ἤλιτον v. 399 und I, 74, sowie II, 305 steht. Ὑψιμέδων (v. 348) findet sich zwar nicht weiter in B. I, aber II, 310, in einem ursprünglichen Bestandtheile der Weissagung. Beiderlei Stücke haben vielfach selbst gleiche sprachliche Eigenthümlichkeiten; z. B. die Assimilation der Präposition κατ(ὰ) mit einem folgenden Consonnanten: καππύεται (I, v. 394) und καλλείψας (I, v. 382) cf. καλλειφθεῖσα (II, 12); doch findet sich diese Eigenthümlichkeit auch bei dem Vorbild der Sibyllen, Homer. Gemeinsam ist ferner der Gebrauch der Wendungen δὴ τότε, τότε καί und δὴ τότε καί. Schon oben war bemerkt, dass das Wort Ἑβραῖοι in beiden Büchern zweisilbig gebraucht ist. Doch sind jene Wörter und sprachliche Eigenthümlichkeiten theils auch in andern Sibyllenschriften häufig, theils erklärt sich die Uebereinstimmung beider Theile aus der Absicht des christlichen Ueberarbeiters, sein Original nachzuahmen.

Der **Eingang von B. II** wird von Friedlieb wohl mit Recht dem Ueberarbeiter zugeschrieben, gleich dem vorhergehenden Stücke; immerhin aber wäre es möglich, dass schon der erste Dichter hier einen Stillstand gemacht hätte, wie Ewald annimmt.*)

Das **Stück v. 6—33** fasst Friedlieb als Schluss des älteren Orakels (I, v. 1—323) auf. Es enthält die letzten Zeiten des neunten und dann die Zustände des zehnten Geschlechtes, in welchem auf furchtbare Ereignisse zuletzt glückliche Tage folgen. **Dass dieser Theil zur ursprünglichen Weissagung gehört, ergibt sich daraus, dass er ganz denselben Charakter zeigt.** Denn v. 15 erscheint wiederum die Rechnung nach Geschlechtern und v. 19 eine mythologische Anspielung (auf das Feuer des Hephaistos). Vers 32 scheint sich auf I, 319 f. und die daselbst abgebrochene Darstellung zu beziehen. Denn v. 32 heisst es „die Häfen würden wieder, wie früher, frei sein für die Menschen", an jener Stelle von B. I aber war hervorgehoben, dass Gott die Erde nach dem Kampfe gegen die Titanen mit Häfen umgeben habe. Der Ausdruck

v. 21: „Αὐτὰρ κόσμος ὅλος ἀπειρεσίων ἀνθρώπων —'

erinnert an Wendungen aus der Rede Noah's im ersten Theile von B. I; so findet sich v. 162:

„Κόσμος ὅλος ἀπειρέσιος ἀνδρῶν —'

und v. 189: „Καὶ τότε κόσμος ἅπας τε ἀπειρεσίων ἀνθρώπων —.'

Die **Parallelstellen** bieten keine Anhaltspunkte. Vers 20, nach welchem einige Worte ausgefallen sind, berührt sich mit XII, 57 und XIV, 89; doch lässt sich nicht entscheiden, welche der drei Stellen das Original gewesen ist. Auch die Vergleichung von v. 15 f. und 30 f. mit VIII v. 159 und 210 f. bietet der Kritik keinen bestimmten Anhaltspunkt; so ist denn die Frage, welchen Stellen die Priorität zukomme, nach dem Gesammtresultat der Untersuchung zu entscheiden, welches zu Gunsten von B. I und II spricht, so oft sich die ursprünglichen Bestandtheile dieser Bücher und Theile des B. VIII berühren.

---

*) a. a. O. S. 127.

Bis hierher hat sich die **Ansicht Friedlieb's**, die er in seiner Einleitung als „Resultat seiner Untersuchungen ohne deren ausführliche Darlegung" aufstellt, als richtig erwiesen. Hinsichtlich des Folgenden aber wird diese Untersuchung zu andern Ergebnissen gelangen. Friedlieb sieht v. 33 als den wahrscheinlichen Schluss des ursprünglichen Werkes an. Doch angenommen, dass wirklich das Stück II, v. 34—348 vollständig von der späteren Hand geschrieben sei, so müsste man vermuthen, dass der Schluss des ursprünglichen Orakels weggefallen sei, da ein so gross angelegtes Werk kaum mit einem so kurzen Schlusswort geendigt hat. Denn, lag es in der Absicht des Dichters, mit einem Blicke in ein neues „goldenes Zeitalter" des Friedens (cf. I, 284) abzuschliessen, so darf man die Verse 20 bis 27 τότε noch nicht zu dem Schlussworte rechnen; vielmehr beginnt dasselbe dann erst v. 27 b, also sogar mitten in der Strophe, was gleichfalls unwahrscheinlich ist. Dazu kommt, dass nach Bleek der Anfang von B. I auf eine Schilderung des Weltendes verweist; und dies ist ein weiterer Grund gegen Friedlieb, da diese von der Sibylle verheissene Schilderung fehlt, wenn seine Ansicht richtig ist. Es fragt sich demnach, ob wirklich das ursprüngliche Werk mit v. 33 abschloss, oder ob nicht wenigstens Theile des Folgenden zu jener Schrift gehörten.

Der Versuch, in den Versen **II, v. 34—348** die Bestandtheile des älteren Orakels aufzusuchen, ist im höchsten Grade schwierig, da sich nicht, wie in B. I, leicht trennbare Stücke von verschiedenem Charakter finden lassen, sondern mitten in den Stücken des ursprünglichen Werkes christliche Interpolationen erscheinen.

In den Versen 34—348 lassen sich zwei grössere Theile unterscheiden, v. 34—154 und v. 155—348. Es folgt zunächst die Untersuchung von **v. 34—154**. Dies Stück enthält eine Schilderung der Belohnungen, die Christus an seine Getreuen vertheilt und dann (v. 53—148) eine Reihe von **Ermahnungen aus einem dem Phocylides zugeschriebenen „Mahngedicht"** *(Ποίημα νουθετικόν)*. Diese Benutzung des Mahngedichtes gestattet an sich kein sicheres

Urtheil über den Verfasser, da sowohl Juden als Christen es ihren Werken hätten einverleiben können. Selbst die in Phocylides eingeschobenen Verse *) sind nicht derart, dass sich mit Sicherheit eine christliche Hand nachweisen liesse**). So ist es denn wahrscheinlicher, dass dies Stück, (v. 56—148), wie Friedlieb annimmt, von dem Ueberarbeiter eingeschoben ist, da es auch in den meisten Handschriften fehlt. Diese Ansicht theilen sogar viele Gelehrten, welche die übrigen Theile von B. I und II einem Verfasser zuschreiben. Es ist auch kaum denkbar, dass der Dichter von I, v. 1—323; II, v. 6—33 den klaren Gang seiner Darstellung durch die Einschiebung von so viel fremden Versen unterbrochen hätte.

Deutlicher noch lässt es sich beweisen, dass die **Verse 34—55** nicht zum ursprünglichen Werk gehört haben; denn sie können **keinenfalls von einem jüdischen Verfasser** herrühren. Es lassen sich auch nicht etwa einzelne Verse dem älteren Orakel zuweisen; denn das ganze Stück ist so zusammenhängend, dass man keinen Vers aus demselben als ungehörig ausscheiden kann. Der christliche Ursprung des Stückes ist leicht zu erweisen. Dass nicht etwa ein vom Dichter erst in der Zukunft erwarteter Messias die Ehrengeschenke austheilt, sondern Christus Jesus, beweiset deutlich der Hinweis auf die Märtyrer (v. 56). Ferner ist die Schilderung unverkennbar dem vierzehnten Capitel der Offenbarung Johannis entnommen***). Auch die universalistische Tendenz des Dichters, in welcher er alle Völker (ἔϑνη) am ἀγὼν ἐξελλαστικός theilnehmen lässt (v. 40 und 50) verräth den Christen; vergleiche dagegen II, 173:

‚ἔϑνη δ'ἐπὶ τοῖσιν ὀλοῦνται.'

---

*) Die Aufzeichnung derselben findet sich bei Friedlieb, p. XVIII.

**) Manche Verse allerdings klingen christlich, besonders v. 106—107, da alle Menschen als Brüder aufgefasst werden.

***) Zur Schilderung vergleiche man noch IV Esra II, 41 f. und Apocalypsis Baruch 15, 8.

Auch die Verse **149—153** können nicht jüdischen Ursprungs sein, weil sie sich auf v. 34—55 beziehen. Da aber οὗτος ἀγών (v. 149) auf die vorhergehende Paränese des Mahngedichtes zurückzuweisen scheint, so ist es wahrscheinlich, dass das ganze Stück v. 34—153 von einer und derselben christlichen Hand eingeschoben ist. Schon Alexandre hat die Ansicht ausgesprochen*), dass man nicht die Phocylideischen Verse allein weglassen und v. 55 mit v. 149 f. verbinden könne, freilich um die Annahme zu empfehlen, dass schon von Anfang an jenes Mahngedicht an dieser Stelle gestanden habe. Doch ergibt sich auch aus seiner Behauptung die Alternative: „Entweder ist v. 34—153 ganz echt oder ganz eingeschoben." Dafür spricht auch der Umstand, dass an mehreren Stellen dieses Stückes die παρθενία hervorgehoben wird (v. 48 und v. 65). Aus dieser Belobung der παρθενία lässt sich schliessen, dass ein Mönch die Verse eingeschoben. Damit contrastirt characteristisch, dass im älteren Theile von B. I nicht einmal die Sibylle als Jungfrau, sondern als Ehefrau erscheint (I, 289**).

Aus all diesen Gründen kann das Stück v. 34—153 nicht zum ursprünglichen Werke gehört haben. Diejenigen aber, welche, wie Bleek, das ganze Werk einem einzigen christlichen Verfasser zuschreiben, sind jedenfalls genöthigt, denselben für einen **Chiliasten** zu halten. Denn während nach v. 150 die Menschen bereits „in des Lebens Thür und der Unsterblichkeit Eingang" eingetreten sind und der Zug nach der „himmlischen Stadt" (v. 40) vorüber ist, beginnt v. 154 f. eine Schilderung der Uebel, die im letzten Geschlechte über die Menschen, besonders die treuen Hebräer, kommen werden. Bleek hatte diese Schwierigkeit erkannt, wollte aber dennoch, obgleich er v. 34—153 für echt hielt, dem Dichter keine chiliastischen Ansichten zu-

---

*) a. a. O. S. 347.
**) Dies wird denn freilich auch in dem unechten Epiloge II, 340—348 nachgeahmt.

trauen. Auch Lücke*) sagt, der Verfasser huldige nirgends dem Chiliasmus. Es wird allerdings nicht ausdrücklich angegeben, dass die Erscheinung des Messias tausend Jahre lang dauern werde; aber jedenfalls ist von einer auf Erden stattfindenden, „nicht wenig Tage" (v. 37) dauernden Belohnung der Gerechten durch Christus die Rede. Die Darstellung erinnert ferner klar an die Schilderung des tausendjährigen Reiches in der Offenbarung Johannis c. 20, 4. An beiden Stellen sind z. B. die Märtyrer hervorgehoben, die bis zum Tode gestritten haben. Und wenn, wie Lücke annimmt, dem Dichter das Zeichen Mt. 24, 30 c. par. vorgeschwebt hat, so durften nach diesem Ereignisse, mit dem der Menschensohn in den Wolken zum Gerichte erscheint, nachdem „die Sterne bereits vom Himmel gefallen sind und die Kräfte der Himmel sich bewegt haben" (cf. Mt. 24, 29), nicht wieder neue Begebenheiten auf Erden geschildert werden. Aus alle dem ergibt sich, dass, wenn v. 34—153 und das folgende Stück v. 154 f. von einem Dichter herrührten, derselbe einem krassen Chiliasmus gehuldigt haben müsste. Sogar der Interpolator, der das Stück v. 34—153 einschob, ist nach Obigem wahrscheinlich ein Chiliast gewesen, da seine Schilderung an sich schon an jene schwärmerische Richtung erinnert, auch wenn man das Folgende v. 154 f. ganz unbeachtet lässt. Warum diese Interpolation gemacht wurde, ist schwer zu sagen. Vielleicht schien dem Ueberarbeiter die Belohnung der Gerechten, zumal der Märtyrer, im Folgenden nicht genug betont. Ist dies wirklich sein Motiv gewesen, so hat er wohl zu einer Zeit gelebt, in der den Christen der Märtyrertod drohte, und hat durch seine begeisterte Ausmalung der Belohnung der Blutzeugen seine Glaubensgenossen zu ermuthigen gesucht.

Es lässt sich sogar vermuthen, was den Ueberarbeiter veranlasst hat, gerade an dieser Stelle (zwischen v. 33 und v. 154) seine Schilderung einzuschieben; es war dies wohl **die Erwähnung des** τόδε σῆμα v. 154. Das Zeichen wird

---

*) a. a. O. S. 205.

zwar erst in den folgenden Versen beschrieben, wie Thorlacius mit Recht annimmt*). Der Interpolator fand aber wohl in τόδε σῆμα einen Hinweis auf ein vorhergegangenes Zeichen, und, da in den letzten Versen des ursprünglichen Werkes (II, v. 6—33) nicht von einem Zeichen die Rede war, musste er natürlich die Schilderung desselben vermissen. Aus diesem Grunde, oder weil später keine passende Stelle sich fand, hat er seine, abgesehen von vielen sprachlichen Verstössen, recht schöne Schilderung eingeschoben.

Scheidet man v. 34—153 aus, so schliesst sich das Folgende v. 154 f recht gut an v. 33 an. Die Wendung: Αλλ' ὁπόταν κτλ. zeigt an, dass vorher ein entgegengesetzter Zustand dargestellt war und passt insofern, als nunmehr nach einer glücklichen Zeit **das letzte Geschlecht und das göttliche Gericht** geschildert werden. Es scheint, dass der Dichter die Hoffnung hegt, dass vor dem Weltgerichte eine Periode kommen werde, in der Friede und Frömmigkeit auf der Erde herrschen werden. Besonders die εὐσεβεῖς ἄνδρες (das Volk Israel) sollen an diesem glücklichen Zustande Antheil haben (v. 28). Nach dieser segensreichen Zeit aber, die der Dichter gewiss erst von der Zukunft erwartet, kommt das Gericht, welches v. 154 f. beschrieben wird. Es ist nun höchst merkwürdig, wie im Folgenden alle möglichen Elemente gemischt sind, die extremsten Hoffnungen der jüdischen Zeloten mit fanatischen Invectiven gegen die „Hebräer", der starrste jüdische Monotheismus mit athanasianischen Aeusserungen über Christus, die eigenthümlichsten Ideen des rabbinischen Judenthums mit den klarsten Anspielungen auf das neue Testament. Wenn irgendwo, so wird hier die Critik herausgefordert.

Es wird sich zeigen, dass ein jüdisches Gedicht zu Grunde liegt und zwar die **Fortsetzung der Weissagung**

---

*) Bleek meint, τόδε σῆμα (v. 154) beziehe sich auf v. 34 zurück. Aber auch Sib. IV, 72 ist τόδε σῆμα im Folgenden beschrieben.

I, 1—323; II, 6—33, und dass die christlichen Ideen durch Interpolationen in den Text gekommen sind. Dass dies Stück (v. 154—348) von dem vorhergehenden verschieden sei, hat nur Thorlacius angenommen. Er schreibt aber die ganze erste Hälfte von B. II (v. 1—153) einem einzigen (heidenchristlichen) Verfasser zu, während sich doch verschiedene Bestandtheile in demselben unterscheiden lassen; und gleichermassen behauptet er, dass die ganze zweite Hälfte von B. II von **einem** Dichter herrühre, der aber Judenchrist gewesen sei. Es wird sich jedoch ergeben, dass auch in dem Stück v. 154—348 sich verschiedene Bestandtheile sondern lassen. Da die letzten achtzehn Verse besser für sich betrachtet werden, folgt zunächst die Untersuchung von v. 154—330.

Es findet sich in diesem Stücke eine Reihe von Stellen, die **jüdisches Gepräge** haben. V. 168—176 handelt vom Schicksale der „**auserwählten treuen Hebräer**". Sie werden in Nöthen kommen, wenn Beliar'erscheint; die Heiden (ἔθνη) aber werden vernichtet werden, „wenn das zwölfstämmige Volk von Osten kommt, das Volk zu suchen, das der Assyrische Sprössling (Salmanassar) einst zu Grunde gerichtet hat". Dann jedoch werden wiederum die treuen Hebräer von den Heiden unterworfen, bis endlich das Gericht Gottes kömmt. Es scheint freilich nach v. 170, als würden die Auserwählten und die Hebräer geschieden, und man könnte danach etwa denken, dass mit den Auserwählten die Christen gemeint seien; aber der Ausdruck v. 170 ist nicht zu urgiren. Denn da v. 175 die Auserwählten und die Hebräer identisch sind, liegt v. 170 vielleicht eine Textescorruption vor. Welches Interesse sollten denn auch die Christen an einer bewaffneten Rückkehr der zwölf Stämme Israels haben, die ihre Stammverwandten suchen und mit den Heiden kämpfen? Die Stelle ist ziemlich verworren, entscheidet aber doch für den jüdischen Ursprung des Gedichtes. Eigenthümlich ist hier nur, dass zwölf Stämme statt zehn erwähnt sind; im Uebrigen war die Sage von der Wiederkunft der zehn Stämme im ersten Jahrhundert n. Chr. sehr verbreitet und gewiss ein wesentlicher Bestandtheil der jüdischen Hoffnung, der manchem vielleicht die Erwartung des Messias ersezte. Vergleiche darüber Assumtio Mosis IV : decem tribus crescent et devenient apud natos in tempore tribulationis ($\vartheta\lambda\acute{\iota}\psi\epsilon\omega\varsigma$), und VIII: et cito adveniet in eos ultio et ira. Diese Stellen der Assumtio Mosis sind sogar im Wortlaut den Versen 168 f. ähnlich. Vergleiche ferner Sib. B. III, v. 732 f, IV Esra XIII, 39 und Apocalypsis Baruch 78, 9. Auch der Untergang der $\check{\epsilon}\vartheta\nu\eta$ kann nicht wohl von einem christlichen Verfasser geweissagt sein, wenigstens nicht von dem Dichter des Stückes II, v. 34—53, der die $\check{\epsilon}\vartheta\nu\eta$ mit an dem Triumphzug theilnehmen lässt, (v. 40 und v. 50). Diesem Dichter aber haben, ausser Thorlacius, alle die Stelle zugeschrieben. Auch der zweite Theil des ersten Buches, den gleichfalls der Dichter von II, v. 34—53 geschrieben hat, ist entschieden den Heiden günstig, denn er hebt hervor, dass aus ihnen das „neue Geschlecht" sich erheben werde (cf. I, 384 und 346).

Der **Ausdruck Beliar** beweisst nicht, dass der Verfasser ein Christ gewesen, da er auch II Cor. 6, 15 vom Apostel Paulus gebraucht wird, der den Namen gewiss aus der jüdischen Tradition entnommen hatte. Man könnte aber einwenden gegen die hier aufgestellte Hypothese, die Erwähnung des Beliar fordere auch die seines Gegenbildes, des Messias, während derselbe nach dieser Annahme in der ursprünglichen Weissagung nicht vorkomme. Aber, war einmal die Erscheinung Beliar's vor dem Endgericht ein Bestandtheil des eschatologischen Ideenkreises der Juden geworden, was gar nicht zu bezweifeln ist, so konnte ein Dichter, der mancherlei Gedankenkreise combinirt, diese Gestalt in seine Schilderung des Weltendes aufnehmen, ohne den Antitypus zu beachten. Steht ja doch selbst nach vieler Meinung im Buche Daniel dem elften Horne kein Messias gegenüber! Dazu kommt noch, dass die Messiasidee zur Zeit Christus' im jüdischen Volke zurückgetreten war, besonders in den Kreisen der alexandrinischen Juden, denen der Verfasser wohl, wie die meisten Sibyllendichter, angehört hat. Dass aber bei dem Beliar so wenig an eine concrete Gestalt gedacht ist, als bei

Paulus (II Cor. 6, 15), beweist, dass die Sibylle entweder vor der Entstehung der Sage von Nero's Wiederkehr geweissagt hat, oder in einer ganz späten Zeit, in der diese Gestalt wieder aus der Phantasie der Apocalyptiker geschwunden war. Zu letzterem Urtheil wäre man nur dann berechtigt, wenn noch andere Spuren einer spätern Abfassung sich finden sollten.

Ein Zeichen von jüdischer Abfassung ist ferner die **Erscheinung des Thesbiten** vor dem Weltgericht, um drei Zeichen des Endes zu geben. Bei den Christen in den ersten Jahrhunderten gehörte die Erscheinung des Elias zu den Zeichen der Parusie, nicht des Weltunterganges. Bleek bemerkt dies zwar, doch glaubt er, in den späteren Jahrhunderten, als der Chiliasmus aufgehört, habe man die früher aufgeführten Zeichen der Parusie vor das letzte Gericht gestellt. Vielmehr scheint der Dichter sich direct auf Maleachi 3, 23 zu beziehen, wonach Elias erscheinen soll, „ehe da komme der grosse und schreckliche Tag des Herrn"*). Bei dieser Stelle konnte ein Jude natürlich nur an das Weltende denken, während die Christen in jenen Versen den Tag der Parusie angedeutet glaubten und darum die Erscheinung des Elias mit diesem Ereigniss in Verbindung setzten. Auch die neutestamentliche Deutung Mt. 17, 12 f., nach der die Wiederkunft des Elias sich in dem Auftreten 'des Täufers vollzogen hat, ist durch die Stelle v. 187—189 ausgeschlossen. Da also die christlichen Auffassungen der Stelle Maleachi 3, 23 nicht reproducirt werden, sondern einfach der Wortsinn festgehalten ist, so ergibt sich der jüdische Ursprung des Orakels.

Die **Engelnamen** Michaël, Gabriel, Raphaël und Uriel**) beweisen nicht den christlichen Ursprung, sondern stammen aus demselben Buch Henoch, welches schon im

---

*) Sept. haben sogar den Zusatz ὁ Θευβίτης zu Ἠλίας; vergleiche auch ferner Mal. 3, 21: ἔσονται σποδός mit v. 205: ‚τέφρα δέ τε πάντα καλύψει.'

**) Diese Lesart von v. 215 ist gegenüber der der Codd. Pr. und A. entschieden vorzuziehen (Alexandre und Friedlieb).

ersten Theile benutzt ist; sie stehen sogar in derselben Reihenfolge, wie Henoch c. 9. Uriel kommt auch vor IV Esra IV, 1. Aus dem Buche Henoch stammen überhaupt sehr viele Züge der in B. II enthaltenen Schilderung, die einen christlichen Eindruck machen*); da aber jenes Buch von einem Juden verfasst ist und zwar vor Christus' Geburt, so ist die Benutzung desselben durchaus kein Grund, B. II für christlich zu erklären. So lange freilich die Resultate der Forschungen von Dillmann und Ewald über Abfassungszeit und religiösen Character des Buches Henoch angegriffen werden, ist eine Verständigung auf apocalyptischem Boden kaum möglich; denn auf jenen Untersuchungen beruht eine ganz neue Beurtheilung des Judenthums zur Zeit Jesu's.

Gegen jüdischen Ursprung spricht auch nicht die **sinnliche Schilderung der Auferstehung des Fleisches**, zumal diese ausdrücklich Gott, nicht Christus, zugeschrieben wird**). Denn dass im ersten christlichen Jahrhundert auch unter Juden diese Frage berührt wurde, beweisen unzweideutige Stellen der Evangelien (Lc. 20, 27 u. s. w.) und Apocalypsis Baruch c. 49 f., wo die Frage, ob die Todten wieder mit den Gliedern, die sie in dieser Welt hatten, bekleidet, oder ob ihre Glieder verändert werden, besprochen wird: hanccine figuram huius temporis resument tunc et] ista membra vinculorum **vestient,** quae nunc in malis sunt, et in eis complentur mala, an forte **immutabis** ea, quae fuerunt in mundo, sicut etiam mundum?

Auf jüdischen Ursprung weist auch hin die Aufzählung von **Lastern und Verbrechen** (v. 255—285). Denn es sind meist solche genannt, die einem frommen Juden am schlimmsten erscheinen mussten, Bedrückung von Wittwen und Waisen, Vernachlässigung der Eltern, Gotteslästerung, par-

---

*) So könnten die $\vartheta \varepsilon \sigma \mu o i$ $\alpha\varrho\varrho\eta\kappa\tau o\iota$ I, 102 (cf. II, 208) aus dem Judasbriefe stammen, aber ebenso gut aus der Quelle dieser neutestamentlichen Schrift, dem Buche Henoch, selbst.

**) VIII, 169, dagegen ist Christus als Todtenerwecker genannt.

teiisches Richten u. s. w. Nirgends aber ist als strafbare Sünde der Mangel des Glaubens an Christus oder der Hass gegen ihn hervorgehoben, wie man von einem christlichen Dichter erwarten müsste *). Ob übrigens nicht dieses Stück im Laufe der Zeit christliche Zusätze erhalten hat (vielleicht v. 265?), lässt sich wegen des unsichern Textes mancher Stellen kaum entscheiden.

Wenn es im Folgenden, v. 305 heisst, dass die Gottlosen dreimal so viel erdulden sollen, als sie Böses gethan, so lässt diese eigenthümliche Berechnung wieder auf einen **jüdischen Verfasser** schliessen **). Die Schilderung des seligen Zustandes endlich v. 318 f., die freilich auch in den christlichen Sibyllen sich häufig findet, klingt gleichfalls jüdisch; doch schliesst sie sich ihrerseits an Stellen des B. III, v. 622 f. und v. 744 f. an, ist also nicht dem B. II eigenthümlich.

Diesen Stellen nun, die auf einen jüdischen Verfasser schliessen lassen, stehen andere gegenüber, deren **christlicher Character** unbestreitbar ist. Liesse es sich nun nachweisen, dass diese Stellen ursprünglich in B. II gestanden haben, was man bisher stillschweigend angenommen hat, so wäre der christliche Ursprung des Buches erwiesen; aber das Vorhandensein jener specifisch-jüdischen Elemente wäre völlig unerklärlich. Doch ein genauerer Blick auf jene christlichen Verse führt zum Resultate, **dass sie sich als interpolirt erweisen.**

Zuerst kommt in Betracht **v. 179—183**, wo eine unverkennbare Anspielung auf Ev. Marci c. 13, 35 und 36 sich findet. Es werden nämlich die Diener glücklich gepriesen, welche der Herr wachend antrifft, wenn er in der Nacht ankömmt. Aber passen denn die Verse in den Zu-

---

*) Der Unglaube Christus gegenüber ist gerügt I, 329, 346, 363; VIII, 187, 246, 249, 255, 287, VII, 21. Zum Glauben an Christus mahnt VIII, 325 f.

**) Von ähnlichem Character ist IV Esra (versio aethiopica VI, 55 f.).

sammenhang? Die Sibylle sagt vorher, Gott senke den Schlaf über die Augen der Menschen. Dies kann nur den Sinn haben, dass Gott aus Barmherzigkeit also verfährt, auf dass die schreckliche Wendung der Dinge leichter an den Sterblichen des letzten Geschlechtes vorübergehe. In gleicher Weise erscheint wenigstens B. I, v. 301 der Schlaf als Wohlthat, nämlich als sanfter Uebergang vom Leben zum Tode, in der seligen ersten Generation des sechsten Geschlechtes *). Dass in der That nicht etwa ein geistiger Schlaf gemeint ist, ergibt sich deutlich aus v. 184: ἔσσεται εὑδομένοις; und wenn trotzdem nachher gesagt wird, die Sterne würden allen sichtbar am Tage sein, so ist das eine unleugbare, aber verzeihliche Inconsequenz. Derartige Inconsequenzen kommen bei jedem Apocalyptiker vor; ein grobes Unrecht aber würde Gott zugeschrieben, wenn er, nach den interpolirten Versen, die Menschen verantwortlich machte für den Schlaf, den er selbst über ihre Augen ausgebreitet. Die Interpolation geschah durch den Ueberarbeiter oder einen späteren Leser, der v. 178 eine Anspielung auf den geistigen Schlaf vermuthete und deshalb jene Paränese v. 179—183 einschob. Diese Verse fallen auch durch besonders viele jonische Formen auf. Endlich erklärt sich bei dieser Annahme die entsetzliche Schwerfälligkeit des Schlusses von v. 183: καὶ ἔσσεται ὡς ἀγορεύω, indem diese Worte nur hinzugefügt sind, die Interpolation mit dem Folgenden zu verbinden. Lässt man nun die anstössigen Verse aus, so beginnt mit v. 184 ein neuer Satz, der sich sehr passend an das Vorhergehende anschliesst.

Von derselben Hand, die v. 179—183 einschob, rühren wohl auch die Verse **190—192** her. Vers 193, der nach den Codd. F.L.R. mit οὐαὶ ὅσαι begann, erinnerte den Leser an den Ausspruch von Christus Ev. Mt. 24, 19, welcher mit denselben Worten anfing, darum schob er denn wohl die Verse 190—192 ein. Sollten aber selbst diese Verse echt sein, so sind sie doch nicht unbedingt aus Jesus' Rede

---

*) Derselbe Gedanke findet sich in einer Hauptquelle dieser Sibyllenschrift, den Ἔργα καὶ ἡμέραι von Hesiod.

entnommen; denn viele apocalyptische Schriften zu Christus' Zeit enthalten ähnliche Gedanken *).

Die dritte Interpolation ist die längste, v. 242—252. Nachdem Gott, nicht Christus, die Todten erweckt hat, und sie gleichfalls zu Gottes, nicht Christus' Richtstuhl geführt worden sind und nun Sabaoth Adonai auf seinem himmlischen Throne sitzt, da kommen — nicht etwa die zuletzt erwähnten, wieder mit Fleisch bekleideten, Todten, sondern „zu dem Ewigen kömmt der gleich ewige Christus mit den Engeln und setzt sich zur Rechten Gottes". So eben war von Gott gesagt, in echt jüdischem Monotheismus, dass er allein ἄφθιτος sei und Beherrscher des Alls und Richter der Todten, und nun wird mit einem Male Christus dasselbe Prädicat beigelegt. Es wäre zwar nicht undenkbar, dass ein streng athanasianischer Christ beide Stellen geschrieben hätte; aber die Stelle muss der Critik aus demselben Grunde verdächtig sein, wie die in der versio latina fehlende Lesart der äthiopischen und arabischen Uebersetzung IV Esra V, 56: ‚Die servo tuo, per quem visites mundum tuum! Initio **per filium hominis** et deinde ego ipse' im Vergleich mit v. 6 der versio latina: ‚facta sunt haec per me et **non per alium** et finis per me et **non per alium**.' So gewiss an diesem letzten Verse ein christlicher Leser bei Annahme der Echtheit der Weissagung Anstoss nehmen musste und deshalb manches änderte, manches ausliess **), so gewiss liegt auch v. 242—252 eine christliche Interpolation vor, nur dass man hier nicht den völligen Nachweis liefern kann, weil sich keine alten Versionen oder Handschriften erhalten haben. Doch dies Stück erweist sich auch aus anderen Gründen als unecht. Während bisher der Dichter von v. 154 f. mindestens ein freundliches Interesse am Volke Israel genommen hat, wenn man ihn nicht selbst

---

*) Cf. Apocalypsis Baruch 10, 14—16.

**) Vergleiche zu der Stelle Hilgenfeld, Messias Judaeorum, S. 54 und Volkmar, Handbuch der Einleitung in die Apocryphen.

für einen Juden halten will, zeigt sich in jenen Versen derselbe Hass gegen die „Hebräer", der sich im zweiten Theile von B. I ausspricht. Es werden allerdings die Erzväter und Propheten in der Begleitung von Christus erwähnt; doch das konnte auch der schlimmste Judenfeind thun. Daneben aber sind ehrenvoll die erwähnt, die von den Hebräern getödtet wurden. Ja nach der Erklärung der meisten neueren Gelehrten wird Christus alle Hebräer nach Jeremias vernichten, was über die Gesinnung des Verfassers gegen die Juden wenig Zweifel lassen würde. Doch ist vielleicht mit Nehring *) und Fabricius **) $μετ'\ ἠρεμίαν$ zu übersetzen „nach der Ruhe", was Nehring auf die Stille des Grabes bezieht. Denn Sept. geben den Namen des Propheten nie mit $Ἡρεμίας$ wieder, sondern mit $Ἱερεμίας$ oder $Ἰηρεμίας$; die Namen sind hier aber meist nach den Sept. citirt. Indessen ist es sehr fraglich, ob Nehring's Deutung in sprachlicher Hinsicht möglich ist. Es käme nach ihm etwa der Sinn heraus: „Die gerichteten Hebräer wird er nach der Grabesruhe vernichten", welche etwas mildere Wendung doch auch ein Zeichen christlicher Abfassung wäre ***). Jene Verse weisen ausserdem, wie die andern Interpolationen noch grobere Verstösse gegen Rhythmus und Sprache auf, als die übrigen Theile der in diesen Beziehungen sehr vernachlässigten beiden ersten Bücher. So ergibt sich denn, dass die Verse 242—252 erst später eingeschoben sind †).

---

*) Nehring, Oracula Sibyllina 1702. Er vergleicht IV Esra VII, 32 ; qui in silentio habitant.

**) Fabricius, bibliotheca graeca, p. 262.

***) Bleek weist auf diese Stelle hin, um gegen Thorlacius zu erweisen, dass der Verfasser dieses Theiles (v. 154—348) kein Judenchrist gewesen sei. In der That ist dieser Einwand schlagend, wenn nicht v. 242—252 als Interpolation gefasst wird.

†) Zu erwähnen ist wenigstens, dass Elias v. 187 „der Thesbite" heisst, v. 248 aber mit seinem eigentlichen Namen genannt wird.

Lässt man nun die anstössigen Verse hinweg, so folgt, mit v. 253 beginnend, der Nachsatz zu v. 239—241. Ein Nachsatz mit καὶ τότε δή ist zwar nicht häufig; doch finden sich manche Beispiele dieser Construction: I, 231, 365 und 376: XIII, 107 (?) und 158; mit δή τότε καὶ beginnt der Nachsatz I, v. 324; mit δή τότε I, v. 216; mit καὶ τότε v. 321. Da nach II, v. 286 um die Säule ein Feuerstrom fliesst, so ist auch in dieser Hinsicht durch Weglassung von v. 242—252 der richtige Zusammenhang hergestellt, da wohl auch an dieser Stelle die Säule und der Strom ursprünglich neben einander erwähnt waren. Dann ist auch klar, wer die πάντες sind, die v. 253 durch den Strom gehen, nämlich die vorher erwähnten auferstandenen Todten, während wir sonst nicht wissen, ob Moses und Elias, oder die bereits vernichteten „Hebräer"*), oder wer sonst gemeint ist. Der Interpolator glaubte wohl, mit den Gottlosen (v. 255), den Bedrückern der Frommen (v. 262), den Mördern der Heiligen (v. 263), seien die Juden gemeint und schob deshalb sein hartes Verdammungsurtheil ein, in dem er die „Hebräer" geradezu nennt. Dagegen waren ursprünglich unter den εὐσεβεῖς hier, wie v. 28, gerade die treuen Hebräer gemeint (v. 175.).

Noch findet sich eine entschieden christliche Stelle. Es steht v. 312—313, dass Gott von den Verdammten sein Antlitz abwenden werde, weil er den Menschen sieben Äonen zur Busse gegeben habe durch die Hand der heiligen Jungfrau. Diese Stelle hat schon Alexandre hier, wie VIII, 357 und 358, wo sie wörtlich wiederkehrt, in Klammern gesetzt. Er nimmt an, der Sammler des Ganzen, der zugleich B. I und II aus B. VIII compilirt, habe diese Verse schon in B. VIII interpolirt vorgefunden; und so seien sie auch in B. II aufgenommen worden. Jene An-

---

*) Das „Vernichten" ist vielleicht so gemeint, dass es weitere Qualen nicht ausschliesst; etwas Aehnliches findet sich bei Lact. III, 21, 6; cf. auch Lib II, 255: ‚ὀλοῦνται εἰς αἰῶνας ὅλους.'

sicht von der Fürbitte der heiligen Jungfrau wurde allerdings erst in den späteren Jahrhunderten ausgebildet. Da aber B. VIII unverkennbare Spuren einer späten Entstehung zeigt, ist es nicht unmöglich, dass die beiden Verse ursprünglich schon vom Dichter des B. VIII den aus B. II (306—311) wörtlich entnommenen Versen 350—356 hinzugefügt wurden, um jene Lehre zu empfehlen, und dass sie später durch nachlässige Abschreiber in den Text von B. II eingetragen wurden. Für diese Annahme spricht, dass bei der stehenden Rechnung nach Geschlechtern (γενεαί), die den echten Theilen der beiden ersten Bücher eigenthümlich ist, jene Ansicht von sieben Äonen zur Buse sehr auffällig wäre. Es wäre aber selbst möglich, dass die verdächtige Stelle von der Fürbitte der Maria anfangs nicht einmal in B. VIII gestanden hätte; denn Lactantius, der in den Div. Inst. (VII, 16) eine Schilderung des Weltuntergangs nach dem achten sibyllinischen Buche gibt und die Stelle VIII, 350 f. ziemlich ausschreibt, hat den eigenthümlichen Inhalt jener Verse nicht wiedergegeben. Hat die Stelle wirklich nicht von Anfang an in B. VIII gestanden, dann bleibt die Möglichkeit, dass der Ueberarbeiter von B. I und II, der auch v. 48 (cf. v. 65) die παρθενία empfiehlt, jene zwei Verse über die „heilige Jungfrau" eingeschoben hat, und dass dieselben dann später in B. VIII gekommen sind. Jedenfalls ist es unwahrscheinlich, dass die Verse 312 und 313 ursprünglich in B. II gestanden haben.

So zeigt es sich denn, dass das Stück 154—340 **von einem Juden verfasst** ist und die christlichen Stellen nur durch Interpolationen in den Text gekommen sind. Ueber die Abfassungszeit dieses Stückes wird erst ein Urtheil möglich sein, wenn die sämmtlichen Bestandtheile des ursprünglichen Werkes im Zusammenhang betrachtet werden. Es folgt hier nur noch eine Untersuchung des Verhältnisses von v. 154—330 zu den **Parallelstellen** aus der übrigen Sibyllenliteratur, vor allem zu B. VIII.

Zunächst kommen in Betracht die jener vierten Interpolation vorausgehenden Verse **v. 306—311**, cf. VIII, 350—356. Liesse es sich sicher nachweisen, dass VIII, 351 und

352 echt sind, welche zwar in die neuen Ausgaben aufgenommen sind, aber in den Codd. H.M.Q.V. fehlen, so würde die Priorität von B. II völlig klar sein. Denn es heisst in diesen Versen, die Seelen der Gottlosen würden verschmachten durch Durst, Hunger, Seuche nnd — Mord; wie kann aber dabei der Tod sie fliehen (v. 353.)? Sind jene zwei Verse, die in B. II fehlen, echt, so ist ganz deutlich, dass der Verfasser von B. VIII sie eingeschoben hat, um den Uebergang zu den Worten aus B. II zu vermitteln. Da aber die Wendung v. 352 eine Lieblingswendung von B. VIII zu sein scheint (cf. 173 und 396), so ist die Echtheit jener zwei Verse wahrscheinlich. Jedenfalls erklärt sich auch ihr Dasein leichter durch die Annahme, dass der Dichter von B. VIII aus dem oben angegebenen Grunde sie eingeschoben und spätere Abschreiber dann die unpassenden Worte ausgelassen haben, als wenn man meinte, dass jemand ohne irgend einen Zweck dieselben später eingeflochten habe. Doch, mögen auch v. 351—352 unecht sein, so sind doch die Kriege auf Erden VIII, 349, die auch nur in B. VIII sich finden, gleichfalls unmöglich, nachdem die Weltelemente zu einem Feuer geschmolzen und die Sterne vom Himmel gefallen sind (v. 337 und v. 340). Diese Kriege auf Erden passen aber auch nicht zu der folgenden Schilderung des Zustandes der Verdammten v. 350—356. So zeigt sich denn, dass, während die Stelle des B. II nothwendig zum Ganzen gehört, die Parallelstelle in B. VIII ausser jedem Zusammenhang mit dem Vorhergehenden steht und überhaupt der ganze Abschnitt des B. VIII, der jene Verse enthält, v. 337—358, lauter unzusammenhängende Bestandtheile enthält. Und zwar sind diese 22 Verse fast alle wörtlich aus B. I und II entnommen.

Denn auch das Stück VIII **v. 337—348** enthält viele Verse, die in B. II sich finden (**II, 206—207, 200—202, 208—210**). Wie die Anordnung in B. VIII jetzt überliefert ist, folgt die in diesen Versen gegebene Schilderung des **Weltuntergangs** direct auf einen Hymnus, der die **Tochter Zions zur Freude auffordert über Christus'** Ankunft, und damit ist offenbar der Einzug in Jerusalem „auf dem Eselsfüllen" (v. 325), nicht etwa die Parusie, gemeint. Trotzdem steht in B. VIII (v. 337) wie in B. II, das Wort τότε, welches bei der jetzigen Gestalt des Buches völlig sinnlos ist, da die Welt nicht untergegangen ist, als Jesu in Jerusalem einzog. Die Vermuthungen Friedlieb's *) aber über den etwaigen frühern Zusammenhang der einzelnen Stücke sind sehr problematisch. Denn es ist sehr unwahrscheinlich, dass v. 337 nach v. 216: 'Αλλ' ὅτε κόσμος ὅλωλε...... gestanden hat, da v. 337 f. erst der Untergang der Welt beschrieben wird. Also steht wiederum die Stelle in B. VIII ausser Zusammenhang mit dem Vorhergehenden; dass sie aber auch mit dem Folgenden v. 349 f. nicht zusammenhängt, hat der Vergleich von II, 306—313 mit VIII, 350—356 gezeigt. Die Verse von B. II waren sogar schon in einer corrumpirten Gestalt in die Hände des Dichters von B. VIII gekommen.

Denn die Worte B. VIII, 240:

,Εἰς ἓν πῦρ ἥξουσι καὶ εἰς μορφὴν πανέρημον,'

die unter anderm sich beziehen auf den „Glanz des brennenden **Feuers**" (!) sind offenbar nur eine entstellte Copie der wohlverständlichen Worte B. II, v. 201:

,Εἰς ἓν συρρήξουσι καὶ εἰς μορφὴν πανέρημον.'

Eine dritte Stelle der sibyllinischen Orakel III, 80 f. berührt sich noch mit den eben besprochenen Stellen. Da die Abfassungszeit des Stückes III, 1—96 streitig ist, so ist es fraglich, ob III, 80 f. oder II, 200 f. älter ist; dagegen ist es klar, dass B. VIII nur der Darstellung von B. II, nicht der von B. III gefolgt ist, da alle Abweichungen der Schilderung in B. III von der des zweiten Buches in B. VIII unberücksichtigt geblieben sind.

Es ist übrigens sehr bemerkenswerth, dass die Schilderung in B. VIII, die sich aus so vielen sachlichen Gründen als die jüngere erweist, in **metrischer Hinsicht** besser ist, als die in B. II, in der sich z. B. folgende Dactylen

---

*) a. a. O. p. LVIII.

finden: —ον ἄταρ (v. 200), — οονται δι᾽ (v. 208), οἱ ζόα (v. 209). Daraus ergibt sich, dass der Dichter von B. VIII bei Reproduction von Stellen des B. II bemüht ist, bessere Verse zu bilden. Dazu musste ihn schon die Vorsicht veranlassen, da Verstösse gegen das Versmass den in späteren Jahrhunderten argwöhnischen Heiden leicht Anhaltspunkte zur Widerlegung der Echtheit der sibyllinischen Orakel hätten bieten können. Es ist dies aber zugleich ein Beweis, dass nicht immer die metrisch richtigen und gut stilisirten Verse die älteren sind, was bei Beurtheilung der übrigen Parallelstellen zu beachten ist. Denn fast immer sind die Verse in B. VIII in metrischer und selbst in **sprachlicher Hinsicht** richtiger als die entsprechenden des zweiten Buches. So schliesst II, 326 mit αὔριον, also ist dies Wort zweisilbig gebraucht; VIII, 425 aber findet sich dieser Fehler nicht. Die Stelle des VIII. Buches ist überhaupt in grammaticalischer und metrischer Hinsicht besser. Sonst bietet der Vergleich der beiden Stellen, die diese Verse enthalten, B. II, 326, 327 und 330 und B. VIII 424—427 keine Anhaltspunkte. Ferner ist II, 319 τε wie καί gebraucht, wie öfter in B. II, während diese Eigenthümlichkeit sich in der Parallelstelle B. VIII (v. 211) nicht findet. Beide Stellen gehen übrigens auf B. III zurück (v. 745 und 748). Einige weitere Parallelstellen sind noch der Vollständigkeit wegen zu erwähnen, die von keinem Belang sind. II, 196 berührt sich mit VIII, 243; II, 213 mit VIII, 412. Aehnlich sind auch die Verse II, v. 323—325 und VIII, 110 und 111. Doch ist in B. II die allgemeine Gleichheit auf das Leben der Seligen, B. VIII auf die Nacht des Hades bezogen. II, 320—322 ist reproducirt VIII, 208—210; doch findet sich die Stelle von B. VIII wieder in einer Schilderung, zu der sie gar nicht passt, nämlich in einer Beschreibung des Weltuntergangs und des jüngsten Gerichtes.

Von den **vielen Berührungen der beiden Bücher (II und VIII)** erklären sich vielleicht manche durch die Annahme, dass Abschreiber, wenn nur ein oder wenige Verse von B. II und B. VIII übereinstimmten, auch die weiteren ursprünglich nur in B. VIII folgenden Verse in das zweite Buch hinzusetzten. Schon oben schien sich diese Annahme zu empfehlen (cf. II, v. 312 und 313 mit VIII, 357 und 358). Vielleicht sind auf diese Weise auch die anstössigen Verse 326 und 327 in den Text von B. II gekommen.

Interessant sind noch die **Parallelstellen von B. II und III, 1—96.** Welche Verse aber das Original enthalten, lässt sich schwer entscheiden, da die Stellen selber keinen Anhaltspunkt bieten und die Abfassungszeit von III, 1—96 sehr streitig ist. Die Aehnlichkeit von II, 206 f. (cf. VIII, 337 f.) mit III, 80 f. wurde oben schon erwähnt. III, 89 und 90 berühren sich mit II, 327 und 328 (cf. VIII, 424—427); II, 167 und 168 mit III, 63 f. Nach diesen Stellen lässt sich nicht entscheiden, welche Schrift älter sei; aber aus der vielfachen Wiederholung derselben Verse, wie aus der verschiedenen Erklärung des Wortes Adam (cf. III, 24 und I, 81), geht hervor, dass das Stück III, 1—96 nicht denselben Verfasser hat, wie B. I und II*). Es lässt sich auch gar nicht absehen, warum der Dichter dieses Werkes einen Anhang sollte angeschlossen haben; denn B. II schliesst mit einem Blick in die Ewigkeit ab, und der Epilog, aus dem man etwa schliessen könnte, dass noch weitere Orakel folgen sollten, ist ohne Zweifel unecht.

Noch sind die letzten 18 Verse von B. II (331—348) zu betrachten, welche zwei verschiedene Bestandtheile (v. 331 — 339 und 340 — 348) enthalten. **II, 331—339** wird gesagt, dass Gott auf die Bitten der Gerechten die Gottlosen aus dem Höllenfeuer retten werde. Diese Verse haben schon in alter Zeit eine originelle Entgegnung in Jamben gefunden **), in welchen Origines getadelt wird, weil er das Aufhören der Höllenstrafen annehme. Das Stück v. 331—339 scheint aber selbst ein

---

*) Dies behaupten Ewald und Alexandre.
**) Diese Verse stehen in den Codd. F.L.R., hinter v. 348.

christlicher Nachtrag zu sein. Denn erstlich scheint das ursprüngliche Werk v. 330 mit einem Blick in die Ewigkeit abzuschliessen, und ferner passt die folgende mildere Ansicht über den Zustand der Verdammten weder zu II, 310 f., wo ausdrücklich versichert wird, Gott werde sein Antlitz von den Verdammten abwenden, noch zu II, 256, wo gesagt ist, die Gottlosen würden zu Grunde gehen εἰς αἰῶνας ὅλους. So scheint denn ein Christ, vielleicht wirklich ein Origenianer, die Verse 331 f. hinzugefügt zu haben. Die Stellung vor dem Schlusse des Buches (340—348) ist auch der Annahme der Unechtheit des Stückes v. 331 f. günstig. Dass übrigens die Frage, ob die Frommen für die Verdammten bitten dürfen, auch in rein jüdischen Kreisen besprochen wurde, also auch einmal mit „Ja" beantwortet werden konnte, beweist IV Esra (c. VI der Versio Aethiopica und VII, v. 36 f.) und Apocalypsis Baruch c. 85, 12 *). Einen ähnlichen Gedanken, wie den, welcher sich v. 330 f. findet, vertritt auch Philo περὶ ἀρῶν p. 725. Er sagt, dass die Seelen der heiligen Väter unaufhörlich für ihr Volk bitten. Es würde also die Stelle, selbst wenn sie echt wäre, nicht gegen die Annahme sprechen, dass die ursprüngliche Sibyllenschrift von einem jüdischen Dichter herrühre.

Was aber den **Schluss von B. I und II** betrifft (v. 340—348), so muss derselbe unecht sein, wenn wirklich ein ursprünglicher Zusammenhang der beiden ersten Bücher bestanden hat. Denn in B. I erscheint die Sibylle als Schwiegertochter Noah's (v. 288); dazu passt aber nicht die Selbstschilderung II, v. 340 f., wonach die Sibylle in einem Palaste gewohnt habe. Auch das sittenlose Leben, dessen sie sich beschuldigt, wäre auffallend. Jene Angabe der Verwandtschaft mit Noah ist ohne Zweifel echt, da sie

---

*) Ibi non erit iterum locus poenitentiae — neque locus petitioni — neque **deprecationes** pro delicto, neque obsecrationes patrum, neque oratio prophetarum, neque **adjutorium justorum.**

sich nicht aus dem Zusammenhange von B. I wegnehmen lässt. Gehört also die Stelle I, 288 zum ursprünglichen Werke, so ist der Schluss v. 340 f. zweifelsohne interpolirt. Zu diesem Resultate ist auch Alexandre schon gekommen, welcher vermuthet, die Worte seien vom Compilator der ganzen Sammlung eingeschoben. Ob dem so ist, oder ob der christliche Ueberarbeiter der beiden ersten Bücher schon die Verse einschob, ist nicht zu entscheiden. Es war vielleicht dieselbe Hand, welche II, v. 1—5 einschob. Alexandre bemerkt noch zu diesem Epiloge, dass er dem des B. VII (v. 152 f.) nachgebildet sei, weil die schlimmsten Beschuldigungen fehlten. Dieser Grund für sich allein ist kaum stichhaltig, da spätere Darsteller nicht weniger häufig zu übertreiben, als Anstössiges wegzulassen pflegen. Da aber der Epilog des B. II jedenfalls unecht ist, so ist es allerdings wahrscheinlicher, dass er dem des B. VII nachgebildet ist, dessen Echtheit unbedenklich angenommen werden kann.

Es fragt sich nun, ob ein gewisser **innerer Zusammenhang der noch erhaltenen ursprünglichen Bestandtheile** von B. I und II nachgewiesen werden kann. Diese Theile sind, um noch einmal das Ergebniss zu resumiren: B. I, v. 1—323; II, v. 6—33 und v. 154—330 (mit Ausnahme von v. 179—184; 190—192; 242—252; 265 (?); 312—313; 326—327(?)).

Als ein Zeichen des innern Zusammenhangs dieser Stücke lässt sich zunächst aufführen die **Rechnung nach Geschlechtern**. Diese findet sich besonders in den schon von Friedlieb für jüdisch erklärten Theilen; doch weist auch II, 162 die letzte γενεά auf den Eingang von B. I zurück:

„Ἄχρις ἐπ᾽ ἐσχατίῃσι προφητεύσω τὰ ἕκαστα,"

Die Wendung II v. 161 f. ferner: „Ὦ μέγα δειλοί

Ὑστατίης γενεῆς φῶτες, κακοεργέες, αἰνοί"

entspricht dem Ausrufe I, 287:

„Ὦ γενεῆς ἱκέτης πρῶτον γένος, ὦ μέγα χάρμα".

Auch finden sich noch weitere **Rückbeziehungen** von B. II auf B. I; II, 228 f. geht auf I, 101—102 zurück.

B. I wird gesagt: — ‚ἔμολον δ'ὑπὸ ταρτάριον δύμον αἰνόν, Δεσμοῖς ἀρρήκτοις πεφυλαγμένοι ἐξαποτῖσαι —'.
Die entsprechende Stelle in B. II lautet:
‚Καὶ τότ' ἀμειλίκτοιο καὶ ἀρρήκτου ἀδαμάντος
Κλεῖθρα πέλωρα πυλῶν τε ἀχαλκευτου ἀΐδαο
'Ρηξάμενος Οὐριὴλ μέγας ἄγγελος εὐθὺ βαλεῖται' —.

Ebenso bezieht sich B. II, v. 232—235 auf B. I. Die Sibylle weissagt, dass Uriel „die alten Titanen und die Giganten und wen immer die Sintfluth vertilgte", aus dem Hades heraufführen werde. Dass überhaupt alle Menschen zum Gerichte kommen werden, ist schon I, v. 274 (cf. II, 213) erwähnt worden. Als besondere Frevler aber sind auch in B. I die Titanen genannt v. 308 f., ebenso die Giganten v. 124.

Dies führt auf einen weiteren Beweis des Zusammenhangs jener Stücke. Sie zeigen alle, was aus der Tendenz des ursprünglichen Werkes sich erklärt, eine eigenthümliche **Mischung alttestamentlicher Erzählungen und griechischer Mythen**, während die interpolirten Verse diesen Character nicht haben, sondern nur in biblischen Ausdrücken, und zwar meist des neuen Testamentes, sich bewegen. Die mythologische Färbung von B. I, v. 1—323 ist evident; doch auch aus B. II lassen sich manche Wendungen zum Belege anführen. Ausser den oben angeführten Stellen über Giganten und Titanen finden sich noch folgende Ausdrücke aus der griechischen Mythologie: φλὸξ 'Ηφαίστοιο (v. 19); ἀμείλιχος ᾅδης (v. 199); τάρταρος ζοφόεις, εὐρώεις (v. 303); und v. 292:

‚Ἐν γεένῃ θερσὶν ὑπὸ ταρταρίοισι βαλοῦνται.'

Ausserdem sind in jenen Stücken **gleiche Quellen** benutzt. So Hesiod, in B. I häufig, doch auch B. II, v. 155 f. (cf. Ἔργα καὶ ἡμέραι v. 164*). Denn offenbar aus dieser Schrift, nicht etwa aus irgend einer apocryphen Quelle**), stammt v. 155. Ferner ist II, v. 274—277 aus Hesiod (v. 168, 170 f. und 304 f.) entnommen. Gemeinsame Quelle

---

*) Citate nach Brunck, Gnomici poëtae graeci, Lipsiae 1817.
**) Dies behauptet Friedlieb.

ist weiter das Buch Henoch, welches an vielen Stellen der beiden Bücher benutzt ist. Hinsichtlich des Stiles und der Darstellungsweise finden sich in beiden Büchern noch mancherlei Anklänge an Homer. Was das Verhältniss zum alten Testament betrifft, so ist im jüdischen Theile von B. 1 die Uebersetzung der Septuaginta benutzt*); ob auch in B. II, lässt sich aus Mangel an Anhaltspunkten nicht entscheiden**).

Sehr viele **Wendungen** sind endlich den echten Bestandtheilen der beiden ersten Bücher gemeinsam: $\delta \nu \sigma \varphi \eta \mu \alpha$ $\chi \acute{\epsilon}ο ν τ \epsilon \varsigma$, $\varkappa \acute{o} \sigma \mu o \varsigma$ $\ddot{o} \lambda o \varsigma$ $\dot{\alpha} \pi \epsilon \iota \rho \acute{\epsilon} \sigma \iota o \varsigma$ $\dot{\alpha} \nu \delta \rho \tilde{\omega} \nu$ u. s. w. Das Wort $\Sigma \alpha \beta \alpha \acute{\omega} \vartheta$ war ein Lieblingswort dieses Dichters; es findet sich nur in den echten Bestandtheilen des Werkes (I, 304, 316; II, 240), nicht aber in den späteren Zuthaten. Desgleichen sind auch andere Gottesnamen jenen Stücken gemeinsam. Manche sonstige gemeinschaftliche Wendungen wurden schon früher angeführt. Diese characteristischen Merkmale fehlen fast durchgängig in den für unecht erklärten Stücken; wenn aber andrerseits ältere und jüngere Bestandtheile einzelne Aehnlichkeiten im Sprachgebrauche aufweisen, so erklärt sich dies aus der absichtlichen Nachahmung des Ueberarbeiters oder der Interpolatoren.

Wie verhält es sich nun mit der **Abfassungszeit des ursprünglichen Orakels?** Wenn man allein nach der **äusseren Bezeugung** entscheiden dürfte, so würde das Resultat nicht günstig sein. Denn ausser einer Stelle der Oratio Constantini ad sanctorum coetum (bei Eusebius), die sich auf B. I bezieht, findet sich in den ersten vier Jahrhunderten nur noch eine zweifelhafte Berührung mit Justinus Martyr***). Dort sagt die Erythraea (welches nach

---

*) Cf. $\epsilon \dot{\iota} \varsigma$ $\pi \lambda \dot{\alpha} \gamma \iota (o \nu)$ I, 215 mit $\dot{\epsilon} \varkappa$ $\pi \lambda \alpha \gamma \dot{\iota} \omega \nu$ (Gen. 6, 16); ferner stammen wohl die $\varkappa \alpha \tau \acute{\alpha} \rho \rho \alpha \varkappa \tau o \iota$ I, 222 aus Gen. 8, 2; der Ausdruck $\varkappa \acute{\alpha} \rho \varphi o \varsigma$ $\dot{\epsilon} \lambda \alpha \acute{\iota} \alpha \varsigma$ I, 252 aus Gen. 8, 11; $\varkappa o \pi \acute{\alpha} \zeta \omega$ I, 246 aus Gen. 8, 9.

**) Die Namen sind wohl alle nach den Sept. citirt; doch beweist dies wenig.

***) Apologia I, c. 19.

dem Sprachgebrauch der Oratio der allgemeine Name für die Sibyllen ist*): ‚ἑαυτὴν ἑκτῇ γενεᾷ μετὰ τὸν κατακλυμὸν γενέσθαι'. Wenn diese Stelle wirklich etwas beweisen soll, darf man nicht mit Alexandre sagen, der Verfasser der Oratio habe das sechste Geschlecht nach der Sintfluth mit dem sechsten Geschlechte der Menschheit überhaupt verwechselt; sondern man muss μετὰ τὸν κατακλυσμόν zwischen zwei Kommata setzen. Dann entsteht der ganz angemessene Sinn, dass die Sibylle nach der Sintfluth, und zwar im sechsten Geschlechte, gelebet habe. Die Stelle bietet, so gedeutet, ein ziemlich sicheres Zeugniss für die Existenz des ersten Theiles von B. I vor dem vierten Jahrhundert. War aber dies Stück dem Verfasser der Oratio bekannt, so kannte er auch das ganze ursprüngliche Werk, von dem B. I, v. 1—323 ein Theil ist.

Die **Stelle bei Justinus** lautet also: ‚Καὶ Σίβυλλα δὲ καὶ Ὑστάσπης γενήσεσθαι τῶν φθαρτῶν ἀνάλωσιν διὰ πυρὸς ἔφασαν.' Dies kann sich auf II, v. 197 beziehen, ebenso gut aber auch auf v. 172 des vierten Buches, welches zur Zeit Justin's jedenfalls schon existirte. So bietet denn die Stelle keinen bestimmten Anhaltspunkt.

Die **Bezeugung innerhalb der Sibyllenliteratur** ist günstiger. Die obige Vergleichung der Parallelstellen hat es ziemlich sicher gestellt, dass diese Sibyllenschrift älter ist als B. VII und VIII. Schon diés Resultat verbietet, die Schrift in das fünfte Jahrhundert zu setzen, da B. VIII schon von Lactantius häufig benutzt ward und das Acrostichon vielleicht schon in seiner jetzigen Gestalt dem Verfasser der Oratio Constantini bekannt war.

Aber warum hat **Lactantius**, der grosse Sibyllenverehrer, nicht ein einzigmal unsere Schrift erwähnt? Dieser Einwand ist ohne Frage wichtig. Friedlieb weist darauf hin, dass diese Schrift, wenn sie an einem Orte entstanden sei, wo sie wenig Aufsehen gemacht, leicht dem Lactantius habe unbekannt bleiben können. Diese Auskunft ist nicht

---

*) Vergleiche Bleek a. a. O. I, S. 240.

genügend, da derartige Schriften meist nicht lange verborgen blieben. Es fragt sich aber, ob sich nicht Stellen bei Lactantius finden, die sich mit dieser Sibyllenschrift berühren. Besonders im siebenten Buche der Institutiones, (de vita beata) welches die Eschatologie behandelt, erinnert vieles an unser zweites sibyllinisches Buch. Im Ganzen richtet sich Lactantius freilich nach B. VIII der sibyllinischen Orakel, auch da, wo ihm Stellen vorschweben, deren Inhalt in beiden Büchern sich findet, bei denen er also ebenso gut aus B. II hätte citiren können. Ja, wo er von B. VIII abweicht, thut er es meist nicht, um sich B. II anzuschliessen, sondern benutzt dann andere Quellen. Doch finden sich einige Ausnahmen von dieser Regel, welche eine Bekanntschaft des Lactantius mit dem zweiten Buche vermuthen lassen. Man vergleiche z. B. Sib. II, 161 f. mit Lact. VII, 14, 16 und II, 165 mit Lact. VII, 15, 6 ($\sigma v \nu \alpha i \varrho \varepsilon \sigma \iota \varsigma =$ consummatio.) Die Prodigia bei Lact. VII, 15, 6: ‚In ultimo fient **prodigia** per omnia elementa mundi, quibus **imminens exitus universis gentibus** intelligatur', erinnern an Sib. II, 187—189:

‚$K\alpha i \ \tau \acute{o} \vartheta' \ \acute{o} \ \Theta \varepsilon o \beta i \tau \eta \varsigma \ \gamma \varepsilon, \ \acute{\alpha} \pi' \ o \dot{v} \varrho \alpha v o \tilde{v} \ \ddot{\alpha} \varrho \mu \alpha \ \tau \iota \tau \alpha \acute{\iota} v \omega v$
$O \dot{v} \varrho \acute{\alpha} v \iota o v, \ \gamma \alpha \acute{\iota} \eta \ \delta' \ \acute{\varepsilon} \pi \iota \beta \acute{\alpha} \varsigma, \ \tau \acute{o} \tau \varepsilon \ \sigma \acute{\eta} \mu \alpha \tau \alpha \ \tau \varrho \iota \sigma \sigma \acute{\alpha}$
$K \acute{o} \sigma \mu \omega \ \ddot{o} \lambda \omega \ \delta \varepsilon \acute{\iota} \xi \varepsilon \iota, \ \acute{\alpha} \pi o \lambda \lambda v \mu \acute{\varepsilon} v o v \ \beta \iota \acute{o} \tau o \iota o.$'

Nur gibt Lactantius nicht gerade an, dass die Zeichen von Elias ausgehen werden. Er combinirt ferner VII, 16, 10 das Fallen der Sterne vom Himmel mit der Verkürzung der Zeit: ‚**Tunc annus breviabitur** et mensis minuetur et dies in angustum coarctabitur; stellae vero creberrimae cadent.' Gleichermassen sind diese Ereignisse verbunden B. II, 185 und 186 ($\kappa \alpha \tau \varepsilon \pi \varepsilon \iota \gamma o \mu \acute{\varepsilon} v o \iota o \ \chi \varrho \acute{o} v o \iota o$), während in B. VIII das Fallen der Sterne und die Umänderung der Zeit an ganz verschiedenen Orten erwähnt sind (v. 190 und 214). Deutlicher noch erinnern an Buch II die Ansichten von Lactantius über die Auferstehung der Todten und das jüngste Gericht. Bei ihm ist das höllische Feuer **liquidus et in aquae modum fluidus**; II, 283 ist die Rede von einem $\acute{\alpha} \kappa \acute{\alpha} \mu \alpha \tau o \varsigma \ \pi o \tau \alpha \mu \acute{o} \varsigma \ \pi v \varrho \acute{o} \varsigma$, in welchem die Gottlosen Gottes Zorn empfinden sollen. Die Ungerechten sind ferner nach beiden Darstellungen in Finsterniss bis zum Gericht und kehren danach wieder in dieselbe zurück. (Cf. Lact. VII, 21, 7 und 8 und Sib. II, 217 und 303). Eine andere characteristische Aehnlichkeit in Betreff der „Vernichtung der Gottlosen" wurde oben schon erwähnt*). Besonders aber erinnert die Vorstellung des ignis probatorius**), durch welches Gerechte, wie Ungerechte, zu gehen haben, ganz entschieden an Sib. II, 253 f., in welcher Schrift allein unter allen Sibyllenbüchern jene eigenthümliche Idee deutlich durchgeführt ist. B. VII enthält zwar eine Anspielung auf jenes Feuer (v. 25 f.); aber dieselbe ist völlig unklar und wahrscheinlich aus B. II entnommen. In B. VIII sagt Gott (110 f.):

,φῶς αἰώνιον ἕξεις
Καὶ ζωὴν ἀμάραντον, ὅταν πυρὶ πάντας ἐλέγχω.'

Jedoch gerade diese letztere, ohne weitere Erklärung fast unverständliche, Andeutung beweist, dass dem Dichter von B. VIII die deutliche Darstellung des ignis probatorius in B. II vorschwebte. Jedenfalls kann der halbe Vers aus B. VIII (111 b.) ebenso wenig als die unklaren Anspielungen in B. VII die Quelle des Lactantius gewesen sein. Schon Fabricius macht darum mit Recht darauf aufmerksam, dass er sich wohl auf die Stelle in B. II beziehe (253 f.) Alle diese Stellen haben nun freilich nicht den Werth von wirklichen Citaten und könnten allenfalls auch aus anderen Quellen entnommen sein; doch ist es viel wahrscheinlicher, dass Lactantius das B. II gekannt hat. Denn die Sibyllenschriften sind die Hauptquelle seines B. VII, welches keineswegs den Anspruch macht, eigenthümliche Ansichten des Lactantius zu enthalten. Dass er aber die betreffenden Stellen der sibyllinischen Orakel nicht immer wörtlich angeführt hat, erklärt sich aus der Bemerkung am Schlusse von B. VII, wonach er absichtlich nicht alle Belegstellen

---

*) Cf. II, 250 und Lact. VII, 21, 6.
**) Dies Feuer ist völlig verschieden von dem Fegefeuer der katholischen Kirche (ignis purgatorius).

aus den „Propheten" angeführt hat*), um den Leser nicht zu langweilen.

Aber **warum hat er nicht ein einzigmal klar und ausdrücklich auf diese Sibylle sich berufen**, da er doch B. VIII und B. III so oft citirt hat? Dafür lassen sich **zwei Gründe** anführen. Erstlich wurden aus der Schrift, die B. I und II zu Grunde lag, von anderen späteren Büchern (VII und VIII) lange und wichtige Stellen entnommen. So kam es, dass diese letzteren Bücher, die auch am deutlichsten auf Christus hinweisen, gar bald beliebt wurden und jene ältere Weissagung verdrängten, bis die christliche Ueberarbeitung dieselbe wieder beliebter machte. Lactantius hat aber wohl noch einen Grund gehabt, B. I und II nicht zu citiren, falls das Stück II, 331—339 schon zu seiner Zeit mit diesem Sibyllenwerk verbunden war. Es hatte sich ergeben, dass dies Stück, wenn es nicht von einem Origenianer verfasst ist, wenigstens Ideen enthält, die an Origines erinnern. Nun aber war schon zur Zeit des Lactantius der Name dieses Mannes in Verruf gebracht worden durch Methodius († 311), der ebenso, wie Lactantius, zur Partei der Chiliasten gehörte. So mag denn durch den an Origines erinnernden Anhang auch das Sibyllenwerk (B. I und II) verdächtig geworden sein, so dass Lactantius eine ausdrückliche Berufung auf dasselbe scheute, wenn er auch manche Einzelnheiten ohne Bedenken aus ihm entnahm. Dass man jedenfalls nicht ohne Anstoss jene Stelle (331—339) las, wenn sie sich auch in einem sibyllinischen Orakel fand, beweist die oben schon erwähnte Widerlegung des Origines, die in den Codd. F.L.R. sich findet. Selbst angenommen übrigens, dass Lactantius diese Sibylle nicht gekannt habe, würde sein Stillschweigen doch nicht beweisen, dass die Schrift derselben erst nach seiner Zeit entstanden sei; denn die Oratio Constantini, die fast gleichzeitig ist, kennt sie, wie früher nachgewiesen **).

---

*) Zu den prophetischen Schriften rechnet er auch die sibyllinischen Schriften.
**) S. 37 f.

Ausser dem Stillschweigen des Lactantius wird auch eine Stelle des **Clemens Alexandrinus** angeführt, um die Abfassung der beiden ersten Bücher nach dem zweiten Jahrhundert zu beweisen*). Diese Stelle, die er aus dem apocryphen Evangelium der Aegypter citirt, lautet: ‚Τῇ Σαλόμῃ ὁ κύριος πυνθανομένῃ, μέχρι πότε θάνατος ἰσχύσει, οὐχ ὡς κακοῦ τοῦ βίου ὄντος καὶ τῆς κτίσεως πονηρᾶς ‚Μέχρις ἄν, εἶπεν, ὑμεῖς αἱ γυναῖκες τίκτετε· ἀλλ᾽ ὡς τὴν ἀκολουθίαν τὴν φυσικὴν διδάσκων· γενέσει γὰρ πάντως ἕπεται καὶ φθορά.' Hier ist allerdings ein ähnlicher Gedanke ausgesprochen, wie Sib. II, 163 und 164:

‚Νήπιοι, οὐδὲ νοοῦντες, ὅθ᾽ ἡνίκα φῦλα γυναικῶν
Μὴ τίκτωσιν, ἔφυ τὸ θέρος μερόπων ἀνθρώπων.'

Indessen fragt es sich erstlich, ob wirklich jener Ausspruch von Christus herrührt. Da dies bei der bekannten Ungeschichtlichkeit der apocryphen Evangelien sich wohl kaum annehmen lässt, so kann die Sage von jenem Gespräche des Herrn mit Salome gerade so gut aus der Stelle in B. II entstanden sein, als umgekehrt diese Stelle aus den Angaben des Evangeliums der Aegypter. Denn es wäre dies nicht der einzige Fall, dass um einen einzelnen Ausspruch im Laufe der Zeit sich eine Art Legende cristallisirt hätte. So ist vielleicht die von Irenaeus angeführte Prophezeiung Jesu's über die Fülle der Weinreben im tausendjährigen Reich aus einer Stelle der Apocalypsis Baruch entstanden (XXIX, 5**), wo sich wörtlich derselbe Gedanke findet, nur nicht als ein Wort von Christus citirt, was jener Ausspruch gewiss auch nicht ist. Sogar bleibt eine weitere Möglichkeit, dass beide Stellen auf eine gemeinschaftliche Quelle sich zurückführen lassen, sei es auf eine verloren gegangene Schrift eschatologischen Inhalts, sei es auf mündliche Tradition. Denn alle Schilderungen

---

*) Stromata, liber III, p. 532, ed. Oxf.; p. 445, ed. Paris.

**) Etiam terra dabit fructus suos unum in decem millia et in vite una erunt mille palmites et unus palmes faciet mille botros et botrus unus faciet mille acinos et acinus unus faciet corum vini.

der letzten Dinge aus Christus' Zeit zeigen genau dieselben Züge und haben oft wörtlich gleiche Stellen, so dass die Annahme nahe liegt, dass diese Züge im jüdischen Volke von Geschlecht zu Geschlecht überliefert worden seien. Ein derartiger fixirter Typus wird in der Evangelienfrage von fast allen mehr oder weniger angenommen und ist bei dem merkwürdigen Gedächtniss der Orientalen leicht zu erklären. Wollte man aber Anstand nehmen, einen solchen durch mündliche Tradition fixirten Typus der eschatologischen Schilderungen zur Zeit von Jesu anzunehmen, so wäre man genöthigt, die Verfasser der vielen Schriften eschatologischen Inhalts in jener Zeit stets von einer Masse von Büchern umgeben zu denken, und zwar vielfach von Büchern, die kaum vielleicht auf einem ganz anderen Theil der Erde aufgetaucht waren. Die uns vorliegende Sibyllenliteratur an sich würde freilich nicht zur Annahme eines mündlich festgesetzten eschatologischen Typus nöthigen; denn die späteren Orakel benutzen immer die früheren, und zwar so, dass sie dieselben zum grossen Theile ausschreiben. Auch sonst gibt es in jener Zeit manche Bücher, die offenbar ältere Schriften vor sich hatten; wie z. B. die Apocalypsis Baruch das vierte Buch Esra überarbeitet hat. Aber nicht immer hat man sich die Entstehung der Schriften jener Zeit in dieser Weise zu denken; vielmehr lässt sich bei der oben angedeuteten Ansicht ihre vielfache Uebereinstimmung einfach erklären.

Man könnte etwa noch als einen Beweis einer späteren Abfassung **die Berührungen mit Pseudo-Phocylides** geltend machen, die nach der Annahme mehrerer Gelehrten in den ursprünglichen Theilen von B. II sich finden. Doch sind diese Berührungen (cf. II, 273 f. mit Phoc. v. 142; 283 f. mit Phoc. 171 f.) kaum in höherem Grade gewiss als die von Alexandre angeführten *) Berührungen mit B. III. Wäre in letzterem Buche wirklich das Mahngedicht schon benutzt, so wäre dies ein schlagender Beweis für die vorchristliche Entstehung desselben; doch ist sie, auch abge-

---

*) a. a. O. S. 347 f.

sehen von jenen Stellen des B. III ziemlich sicher, spricht also nicht gegen die hier aufgestellte Ansicht über die Abfassungszeit von B. II. Die Berührung des zweiten Theiles von B. II mit Pseudo-Phocylides ist übrigens vielleicht die Veranlassung gewesen, die den Ueberarbeiter bewog, das Mahngedicht fast vollständig einzuschieben (II, v. 55—148).

Bleek hat noch, um seine Annahme über die Abfassungszeit der beiden ersten Bücher im fünften Jahrhundert zu begründen, darauf hingewiesen, dass **kein Kirchenvater der ersten vier Jahrhunderte n. Chr. die Sibylle vor Moses setze.** Da nun diese Sibylle sich eine Zeitgenossin Noah's nenne, so sei dies ein Beweis, dass ihre Schrift nicht vor dem Schlusse des vierten Jahrhunderts entstanden sei. Allein schon Friedlieb hat auf die oben besprochene Stelle der Oratio Constantini hingewiesen, nach der die Erythraea, wenn nicht zur Zeit der Sintfluth selbst, doch spätestens im sechsten Geschlechte nach derselben, also noch vor Abraham, gelebt hat, wenn die Genealogie der Genesis zu Grunde liegt. So findet sich wenigstens eine Spur vor dem fünften Jahrhundert, dass sich die Sibyllen für älter als Moses erklärten.

Als Beweis einer späten Abfassung dieser Schrift liessen sich endlich noch aufführen die vielen **Verstösse gegen Sprache und Rhythmus.** Friedlieb*) zählt eine Reihe von „Ausdrücken auf, die einer spätern Gräcität angehören". Von diesen kommen natürlich nur diejenigen in Betracht, die in den ursprünglichen Bestandtheilen sich finden, da an der späten Entstehung der Ueberarbeitung gar nicht gezweifelt werden kann. Unter diesen sind einige wirklich Hapaxlegomena *(πιστολέτης, ἐλευθεροπρασία* u. s. w.), andere aber erst durch Textescorruption entstanden *(θοιήσονται, εἰςελλαστικός[?])*. Doch liesse sich das Verzeichniss seltener Wörter noch leicht vermehren, ja es finden sich selbst viele mangelhafte Constructionen. So ist τε vielfach = καί gebraucht und vor das Wort gesetzt, auf das es sich bezieht. Ferner findet sich γε am Anfang eines Satzes.

---

*) p. XVI und XIX.

Weniger auffallend ist, dass δ; manchmal erst an dritter oder vierter Stelle im Satze erscheint (I, v. 21, 143, 144, 179 und II, 225 an dritter Stelle; I, 186, 251, 264, 316, II, 304 an vierter Stelle). Denn davon finden sich auch Beispiele in andern Büchern (z. B. in dem sicher vorchristlichen B. III, 132, 266, 279, 323, 355, 401, 446, 449, 672, 786, 803, 817, 820). Auf einige metrische Eigenthümlichkeiten war früher schon hingewiesen worden. Die Verse des Ueberarbeiters enthalten zum Theil dieselben Fehler, und dies könnte etwa als Beweis eines einheitlichen Characters von B. I und II geltend gemacht werden; doch erklärt sich der Umstand aus der Absicht des späteren Dichters, die Sprache des Originales möglichst nachzuahmen. Die sprachlichen und metrischen Verstösse des ursprünglichen Werkes beweisen nun jedenfalls, dass der Dichter kein formales Talent besass und der griechischen Sprache nicht völlig mächtig war, was sich leicht erklärt bei der Annahme, dass er ein Jude gewesen. Darin liegt aber noch kein Beweis, dass der Dichter lange nach Christus' Zeit gelebt habe. Im Allgemeinen sind wohl die älteren Sibyllenschriften besser stilisirt als die jüngeren; aber es ist darum nicht unbedingt nothwendig, dass alle schlecht stilisirten Bücher in späterer Zeit entstanden sind. Um aber die Frage zu entscheiden, ob die sprachlichen und metrischen Verstösse der beiden ersten Bücher gerade derart sind, dass sie die späte Abfassung derselben entscheiden, wäre eine eigne philologische Untersuchung von B. I und II nothwendig.

Aus all diesen Bemerkungen ergibt sich eigentlich nur das **negative Resultat**, dass die Gründe, die gewöhnlich für die späte Abfassungszeit der beiden ersten Bücher angeführt werden, nicht von so grosser Bedeutung sind, als es auf den ersten Blick scheint, ferner, dass viele dieser Gründe nur für die jetzige Gestalt von B. I und II Geltung haben, dagegen nicht für die den beiden Büchern zu Grunde liegende Sibyllenschrift. Diese muss nach der obigen Untersuchung zwischen der Entstehungszeit des Buches Henoch und der Zeit Constantin's verfasst sein. Vielleicht war sie schon vor Justinus Martyr und Clemens Alexandrinus vorhanden.

Dass die Grundschrift **keinesfalls nach dem Fall des Heidenthums** verfasst ist, beweist II, 17 f. Hier weissagt die Sibylle, dass der blitzende Gott den Eifer der Götzen zerbrechen und das Volk des siebenhüglichen Roms schütteln werde. Daraus schliesst Friedlieb mit Recht, dass das Heidenthum zur Zeit, da diese Stelle geschrieben wurde, noch nicht überwunden war. Prophezeiungen über das Ende von Rom finden sich wohl noch zur Zeit Constantin's und später; aber hier ist offenbar dem götzendienerischen, nicht dem christlichen, Rom gedroht. Man vergleiche dagegen z. B. die Art, wie Lactantius am Anfang des vierten Jahrhunderts sich über den zukünftigen Untergang von Rom äussert*). Es ist dies ein schlagender Grund gegen Bleek's Annahme, nach der B. 1 und II im fünften Jahrhundert abgefasst sein sollen.

Obgleich so wenig Anhaltspunkte sich finden für die Bestimmung der Abfassungszeit, soll doch wenigstens eine **Vermuthung** ausgesprochen werden. Manche Gründe weisen darauf hin, dass die ursprüngliche Sibyllenschrift noch **vor der Zerstörung Jerusalems** entstanden ist.

Diese Annahme stützt sich vor allem auf die vielfach nachgewiesene **Verwandtschaft mit dem Ideenkreis der zu Christus' Zeit oder im ersten christlichen Jahrhundert entstandenen Bücher** (Buch Henoch, IV. Esra, Ascensio Mosis, Apocalypsis Baruch). Die Beweise lassen sich noch vermehren. Man vergleiche z. B. IV Esra V, 3: ‚et relucescet sol noctu et **luna interdie**' mit Sib. II, 184—186:

‚Ἔσσεται εὐδομένοις, ὅτ᾽ ἀπ᾽ οὐρανοῦ ἀστερόεντος
Ἄστρα τε πάντα μέσῳ ἐνὶ ἤματι πᾶσι φανεῖται
Σὺν δυσὶ φωστῆρσι, κατεπειγομένοιο χρόνοιο.'

---

*) Div. Inst. VII, 15, besonders §. 11: horret animus dicere, sed dicam, quod futurum est etc. Hier spricht sich ein unter dem Banne der Tradition zur Unglücksprophezeiung wider Willen getriebenes Gemüth aus; dort (B. II, 17 f.) aber bewusste Feindschaft gegen das Heidenthum.

Zu letzerem Ausdruck κατεπειγομένοιο χρόνοιο cf. IV Esra V, 1; VI, 18; XII, 21; XIV, 17. Aehnlich ist auch IV Esra VI, 4—16 und Sib. II, 325 f., cf. III, 89—92. Besonders wichtig sind die oben schon berührten Stellen über die Wiederkehr der jüdischen Stämme.

Der **ganze Character der Schrift,** besonders von B. I, 1—323 macht es auch wahrscheinlicher, dass sie in der Blüthezeit des alexandrinischen Judenthums abgefasst ist, also zu Christus' Zeit, als in späteren Jahrhunderten. Denn damals waren derartige Combinationen heidnischer Mythen und alttestamentlicher Erzählungen sehr häufig und beliebt. In späterer Zeit aber wären so grosse Concessionen an das Heidenthum bedenklicher gewesen. Es ist auch sehr zweifelhaft, ob nach der Zerstörung Jerusalems, die alle Illusionen von Versöhnung der israelitischen Theocratie mit der heidnischen Weltherrschaft völlig zerstörte, ein Jude sich noch mit der Abfassung von sibyllinischen Orakeln beschäftigt hat. Es wird zwar auch von anderen Bestandtheilen der sibyllinischen Orakel behauptet, dass sie jüdischen Ursprungs und nach dem Jahre 70 geschrieben seien; aber diese Annahme hat wenig Wahrscheinlichkeit.

Wichtig ist endlich auch der bereits berührte Umstand, **dass der Antichrist nicht in der Gestalt Nero's** erscheint, wie in den Sibyllenschriften des zweiten und dritten Jahrhunderts, sowie die lebendige Hoffnung auf bewaffnete Hilfe aus dem Orient, die doch nur so lange psychologisch begründet war, als die jüdische Nation noch als Volk existirte und im Kampfe für ihre politische Selbständigkeit begriffen war.

Soviel über die ursprüngliche Sibyllenschrift. Wann nun aber die **Ueberarbeitung** stattgefunden hat, und ob die verschiedenen Interpolationen von derselben Hand herrühren, oder vielleicht vor oder nach der Ueberarbeitung durch Randglossen in den Text gekommen sind, ohne dass die Urheber derselben die Absicht einer pia fraus gehegt, lässt sich nicht mehr entscheiden. Nur von einem Stück (II v. 331—339), welches über die Befreiung von den Höllenstrafen handelt, lässt es sich vermuthen, dass es von einem Origenianer im dritten Jahrhundert beigefügt worden ist, weil es zur Zeit des Lactantius schon vorhanden gewesen zu sein scheint. Dagegen sind die übrigen christlichen Bestandtheile wohl erst nach der Zeit des Lactantius entstanden, da dieselben von keinem einzigen Kirchenvater bezeugt werden und Lactantius das Werk wohl trotz jenes ketzerischen Anhangs citirt hätte, wenn es schon so deutliche Hinweisungen auf Jesu enthalten hätte, wie sich in den christlichen Stücken finden. Jedenfalls geht aus der Untersuchung soviel hervor, dass die Sibyllenschrift (B. I und II) eine gewisse Rolle in der Kirchengeschichte gespielt hat und schon insofern Beachtung verdient.

Es wäre gewiss eine viel einfachere Lösung der hier besprochenen Fragen, wenn man mit Bleek u. a. dieser Schrift (B. I und II) einheitlichen Character zuschreiben könnte. Eine critische Frage durch Annahme einer Ueberarbeitung und mehrerer vielleicht unter sich verschiedenartiger Interpolationen zu beantworten, hat immer etwas Bedenkliches. Und doch ist die Erklärung vieler Schriften des Alterthums nicht anders möglich. Wir wissen, dass in der alten Zeit das schriftstellerische Eigenthum nicht in gleicher Weise, wie jetzt, geachtet wurde, dass man sich vielfach Abänderungen und Umgestaltungen erlaubte. So wird die Entstehung des Buches Henoch durch Annahme von mancherlei Ueberarbeitungen und Interpolationen erklärt. Ferner unterscheiden viele Gelehrten in den 16 Capiteln des 4. Buches Esra einen jüdischen Kern (c. III—XIV), einen christlichen Anfang (c. I und II) und einen christlichen Schluss (c. XV und XVI). Ausserdem finden sich auch in der jüdischen Grundschrift (III—XIV) mehrere christliche Interpolationen. Also bietet diese von vielen Autoritäten approbirte Hypothese über die Entstehung des vierten Buches Esra eine ziemlich genaue Analogie zu der hier vertretenen Ansicht über die jetzige Gestalt der beiden ersten sibyllinischen Bücher. Wir haben aber sogar in der noch erhaltenen Sammlung sibyllinischer Orakel ein Beispiel einer solchen Ueberarbeitung. Denn B. XII reproducirt den Inhalt von B. V, 1—51 fast vollständig, oft selbst wörtlich und fügt noch ausserdem manches Neue hinzu.

Die hier aufgestellte Hypothese bedarf vielleicht im Einzelnen mancher Modificationen; zwei Ergebnisse aber hat die Untersuchung sicher gestellt: erstlich, dass die beiden ersten Bücher in ihrer jetzigen Gestalt kein einheitliches Ganze bilden, sondern heterogene Bestandtheile enthalten; und zweitens, dass dennoch ein ursprünglicher Zusammenhang von B. I und II bestanden hat.

Theil II.
Ueber Buch XI.

Das elfte Buch ist erst im Jahre 1828 von dem Cardinale Angelo Mai publicirt worden, also erst geraume Zeit nach der trefflichen Abhandlung von Bleek über die sibyllinischen Orakel. Da dieser Forscher in späterer Zeit nicht mehr über diesen Gegenstand geschrieben hat, so ist seine Ansicht über B. XI, sowie die gleichfalls erst später veröffentlichten drei letzten Bücher, leider nicht bekannt geworden. In neuerer Zeit haben besonders Lücke, Friedlieb, Alexandre, Ewald und Reuss B. XI—XIV untersucht. **Lücke** meinte anfangs, dass B. XI im Jahre 29 v. Chr. verfasst worden sei, bekennt sich jedoch im §. 15 seines „Versuches einer Einleitung in die Offenbarung Johannis" zu der Ansicht, dass es, wie B. XII—XIV, im dritten Jahrhundert entstanden sei und mit diesen zusammen ein Ganzes bilde. **Friedlieb** hat unter allen die früheste Abfassungszeit angenommen, indem er behauptet, B. XI sei zwischen 114—117 n. Chr. geschrieben*). Nach **Alexandre** ist die Weissagung B. XI—XIV im dritten Jahrhundert entstanden. **Ewald** schreibt B. XI—XIV einem Dichter zu, der im siebenten Jahrhundert gelebt habe. **Reuss** hält gleichfalls die vier letzten Bücher für ein zusammengehöriges Orakel, das unter Valerian geschrieben worden sei.

---

*) Ihm pflichtet Hilgenfeld bei (Die jüdische Apocalyptik S. 58).

Eine **Analyse** des B. XI mag zunächt den Inhalt desselben darlegen und Anhaltspunkte zur Bestimmung der Abfassungszeit dieser Weissagung bieten. Dabei wird sich zugleich ergeben, dass diese Schrift, wenn sie auch mancherlei sonderbare geschichtliche Auffassungen enthält, doch nicht so unzuverlässig ist, als man oft unter Voraussetzung ihrer späten Entstehung annimmt. Wenn aber auch verschiedene Verstösse gegen Chronologie und Geschichte und einzelne dunkele Stellen sich finden, so beweist dies nicht, dass das elfte B. mehrere Jahrhunderte nach Christus verfasst ist; denn auch das dritte Buch, welches jedenfalls schon längere Zeit vor Jesu's Zeit entstanden ist, leidet an ähnlichen Fehlern. Dass die folgende Analyse jedenfalls im Ganzen und Grossen richtig ist, wird bestätigt durch die Aufzählung der Hauptnationen, die B. III, 159—161 sich findet und unserm Dichter, der allenthalben diese ältere Schrift nachahmt, ohne Zweifel vorgeschwebt hat.

Nach einem Prologe sagt die Sibylle, dass **Aegypten** zuerst die Königsgewalt erhalten werde. Nachdem sie dann kurz die Schicksale Israels und den Auszug dieses Volkes erwähnt, darauf v. 37—44 die Herrschaft Psammetich's *), lässt sie Persiens Herrschaft beginnen. Dann folgt Finsterniss, Hunger und Pest unter den Juden, womit auf die assyrische und babylonische Gefangenschaft hingewiesen sein mag. Die Stelle v. 45 f.:

„Ἀλλ' ὁπόταν ἄρξῃ Πέρσης καὶ σκῆπτρα προλείψῃ
Υἱὸς Υἱωνοῖο'

lässt sich vielleicht, wenn Friedlieb mit Recht Υἱωνοῖο = Ἰωνοῖο erklärt (nach v. 56 f.), so fassen: „Wenn ein Perser geherrscht hat (nämlich Cyrus) und ein Jonier = ein Kleinasiat nach hebraisirendem Sprachgebrauche **) (Croesus)

---

*) Alexandre nimmt an, dass Moses gemeint sei; vielmehr scheint der Dichter den Psammetich für einen Hebräer zu halten, der sich für einen Thebaner ausgab.

**) Javan = Jonien wird im alten Testamente oft für Kleinasien gebraucht.

das Scepter gelassen, wirst du (Aegypten) den Persern dienen." Dann bezieht sich v. 51 und 52 auf die Schandthaten des Cambyses in diesem unglücklichen Lande. V. 53—60 soll nach Friedlieb bereits einen Hinweis auf die macedonische Königsherrschaft enthalten, nach Alexandre eine Beziehung auf eine übertrieben geschilderte Herrschaft der Juden nach Esra's Zeit; vielmehr ist der blutige Aufstand der Jonier gegen die Perser gemeint, bei welchem Sardes in Flammen aufging. Die Schilderung der durch diesen Krieg über Asien heraufbeschworenen Uebel ist freilich mit allzu starken Farben aufgetragen; doch finden sich Beispiele solcher Uebertreibung häufig in der sibyllinischen Literatur, auch in B. III. So wäre denn die aegyptische Geschichte durchgeführt bis zur Zeit der völligen Unterwerfung durch die Perser.

Ehe aber die Sibylle zu diesem Volke sich wendet, spricht sie **ein schwer zu deutendes Orakel über die Herrschaft der Aethiopier** aus (v. 61—79). Die gewöhnliche Deutung auf die Herrschaft des äthiopischen Königs Tirhaka in Aegypten ist schon darum unwahrscheinlich, weil dies Ereigniss viel zu spät erwähnt würde; doch liesse es sich bei des Dichters mangelhaften chronologischen Kenntnissen immerhin denken, dass er die Herrschaft jenes Fürsten in so späte Zeit verlegt habe. Aber jene Erklärung ist aus dem Grunde völlig unstatthaft, weil die „Aethiopier" von B. XI mit den **Indern** identisch sind und **von Norden** kommen (v. 66). Es scheint nach dieser Stelle, als habe im Laufe der Zeit eine jüdische Sage von einer Herrschaft der Inder sich gebildet. Eine solche konnte wohl aus den Angaben des Buches Esther entstehen, nach welchen Ahasveros von Indien bis Kusch herrscht*) und sogar geradezu „König von Indien" genannt wird, „dem auch die Fürsten der Perser und Meder

---

*) Das hebräische Wort: Kusch wird von den LXX stets mit $Aἰθιοπία$ übersetzt. Esther c. I, 1. fehlt ἕως Αἰθιοπίας zwar in den besten Codd.; dagegen steht es c. VIII, 9.

unterthan sind." Aus diesen im Buche Esther häufig gebrauchten Wendungen hatte sich wohl die Sage von einer Herrschaft der Inder über die Meder gebildet, während in Wahrheit diese Inder des elften Buches so gewiss die Perser sind, als Ahasveros, der indische Fürst des Buches Esther, = Xerxes, der König von Persien, ist. Die obige Deutung wird noch bestätigt durch XI, 174, wo Xerxes geradezu ein Aethiopier genannt wird. Bei dieser Auffassung erklären sich auch die v. 74 erwähnten Aufstände der Völker, welche unterdrückt werden, da unter Xerxes viele derartige Ereignisse stattfanden. Vielleicht combinirt auch der Verfasser bei seiner mangelhaften Kenntniss der historischen Verhältnisse jener Zeit mit der Tradition einer Herrschaft der Inder die Reminiscenz an Tirhaka's Machtstellung; bei dieser Annahme liessen sich alle seine Angaben erklären. Ob auch III, 160, wo unter den wichtigsten Nationen, die nach einander zur Weltherrschaft gelangten, gleichfalls die Aethiopier erwähnt sind, und VIII, 5 in gleicher Weise zu deuten sind, lässt sich bei der Kürze der Stellen nicht entscheiden.

Die Sibylle hat Aegypten bis zum Verluste seiner Selbständigkeit, Israel bis zur babylonischen Gefangenschaft begleitet; nun geht sie dazu über, **Persiens** Herrschaft genauer zu beschreiben. Der König mit dem Anfangsbuchstaben Σ wird von Alexandre und Reuss auf Salomo gedeutet. Wäre dies richtig, so würde der Verfasser nicht allein eine entsetzliche Unkenntniss der Chronologie verrathen, sondern auch den bisher nachgewiesenen Faden völlig verlieren. Ein jüdischer Dichter würde ferner ohne allen Zweifel die Blüthezeit seines Volkes eher an den Anfang der Weltgeschichte setzen, als in so späte Zeit. Dies zeiget deutlich das Beispiel des dritten Buches v. 162—195, besonders v. 167:

„Οἶκος μὲν γὰρ πρώτιστος Σολομώνιος ἄρξει.'

Aber wie kann denn auch Salomo König der Assyrier heissen? Wie kann man sagen, alle Könige hätten ihm gedient (v. 83 f.)? So weit geht nicht einmal die stark übertriebene Schilderung seines Reiches in B. III. Ferner hat Salomo nicht die Stämme gesammelt, sondern vielmehr gerade die Trennung veranlasst; kaum liesse sich auch von ihm sagen, er habe die Götzen gestürzt, da vor ihm, unter seinem Vater, das Volk Israel treu zu Jehovah hielt, und er seinerseits sogar im Alter zum Götzendienste hinneigte. Es ist nicht einmal wahrscheinlich, dass überhaupt ein König von Israel gemeint ist. Da nämlich die Nachfolger jenes Fürsten Persien regieren und vom mächtigen Thiere (Alexander dem Grossen nach v. 104, 108 und 215) besiegt werden, so wird ein persischer Regent gemeint sein, wenn der Fürst auch ein „Assyrier" genannt wird; denn Assyrier, Perser und Meder sind in diesem Buche nicht klar geschieden. Man könnte nun etwa an Cyrus denken, da die Erbauung des jüdischen Tempels (Cf. Esra, I, 2 f.), die Sammlung der Stämme und die grosse Macht erwähnt sind. Vers 85:

„Τούτῳ δουλεύσουσι θεοῦ μεγάλου διὰ βουλάς'

erinnert sogar an die auf diesen Fürsten sich beziehende Stelle Jesaja, XLV, 1, nach welcher spätere jüdische Erklärer in Cyrus selbst den Messias sahen. Diese Stelle lautet nach den Septuaginta: ‚Οὕτω λέγει κύριος ὁ θεὸς τῷ χριστῷ μου Κύρῳ οὗ ἐκράτησα τῆς δεξιᾶς, ἐπακοῦσαι ἔμπροσθεν αὐτοῦ ἔθνη, καὶ ἰσχὺν βασιλέων διαρρήξω.' Indessen ist es nach Esra c. VII, 11 f. wahrscheinlicher, dass Artaxerxes gemeint ist, unter welchem Esra und Nehemia wirkten; denn dieser König that viel für den Tempel der Juden (c. VII, 20) und hielt nach dem Briefe VII, 11 f., den der Dichter jedenfalls für echt gehalten hat, selbst auf die Beobachtung des Gesetzes (v. 23 f.). Dann würde sich auch die Zahlangabe von 114 Jahren (v. 102) erklären, indem der Dichter von der Zeit des Esra bis auf Alexander etwa soviel Jahre zählen konnte. Ferner passt auch die den Enkeln verheissene Herrschaft besser zur Deutung auf Artaxerxes, da kein Enkel von Cyrus zur Herrschaft kam*).

---

*) Doch fragt es sich, ob der Dichter die persische Geschichte genau genug gekannt hat, um dies wissen zu können

Sogar die chronologische Reihenfolge wäre dann richtig gewahrt. Denn Cyrus und Cambyses, sowie der Aufstand der Jonier unter Darius, schienen schon früher erwähnt zu sein (v. 44—60); und da der indische König (v. 61—79) wohl Xerxes ist, so würde die Erwähnung des Artaxerxes an dieser Stelle dem historischen Sachverhalt entsprechen. Das Einzige, was dieser Auffassung entgegensteht, ist, dass keine Ueberlieferung berichtet, dass Cyrus oder Artaxerxes in der jüdischen Tradition einen Namen erhalten hatten, der mit Σ beginnt. Allein, da schon v. 61 f. die Vermuthung nahe lag, unser Dichter habe aus der jüdischen Tradition geschöpft, so darf man wohl auch bei dieser Stelle auf dieselbe Quelle schliessen, da jede andere Erklärung an sachlichen Gründen scheitert. Eine Textescorruption liegt nicht vor; eher noch liesse sich vermuthen, dass v. 91 und 92 von einem Leser interpolirt seien, der an Salomo oder Serubabel gedacht*).

So hat die Sibylle die Geschichte des Orients dem geistigen Auge vorübergeführt bis zu der Zeit, da das griechische Weltreich Persiens Macht stürzen soll. Ehe sie nun aber die Berührung von Orient und Occident schildert, beschreibt sie in kurzen Zügen **die Entstehung der abendländischen Weltreiche.** Der Dichter zeigt darin mehr systematisches Geschick, als der des B. III, welcher den trojanischen Krieg erst nach Alexander dem Grossen erwähnt. Es ist characteristisch, dass der Dichter von B. XI, nachdem er, seinem Vorbilde getreu, jenen Krieg erwähnt, nicht, wie der des dritten Buches, zu kleinasiatischen Städten zurückkehrt, sondern des Aeneas Geschicke weiter erzählt, um dann die Geschichte von der Gründung Rom's anzuschliessen. Denn dem Verfasser des elften Buches

---

*) Es wäre übrigens auch denkbar, dass der Arthasastha (Esra VII, 1 f.) von dem Dichter mit dem Arsasastha (Esra IV, 7) verwechselt worden wäre, welcher bei den Griechen der falsche Smerdis hiess, und dass durch diese Verwechselung die Angabe des Anfangsbuchstabens Σ entstanden wäre.

steht im Vordergrund der Geschichte die von Italien ausgehende römische Weltmacht. Es war ein glücklicher poetischer Griff, den man diesem oft verkannten Dichter hoch anrechnen muss, dass er gerade die Gestalt des Aeneas in seinem historischen Gemälde hervortreten liess; galt dieser Heros doch nicht allein als Stammvater der Gründer der siebenhüglichen Stadt, des Romulus und Remus, sondern auch des nach der Sage von seinem Sohne Julus stammenden Juliergeschlechtes, „welches in Zukunft alle Geschlechter beherrschen sollte" (v. 158). Diese Abstammung ward wenigstens von den Juliern entschieden behauptet und auch vielfach geglaubt *). Dass die v. 158 geweissagte Weltherrschaft der Nachkommen des Aeneas nicht der Zeit angehört, von der der Dichter bisher gesprochen, sondern dass er in die fernere Zukunft blickt, deutet er selbst v. 162 an. Das Orakel (v. 159 f.) passt auch keineswegs auf die Herrschaft des Romulus und kann selbst von diesem in der Geschichte nicht sehr bewanderten Dichter nicht im Hinblick auf jene Anfangszeit der römischen Macht geschrieben sein. Denn wie hätte er glauben können, dass schon zu Romulus Zeit Rom bis zu den Ländern zwischen Euphrat und Tigris geherrscht habe? Vielmehr bezieht sich jene Weissagung auf die γενεή der Julier, das julische Kaiserhaus, das nach dem Schlusse des elften Buches dem Dichter bekannt war **). Dass γενεή

---

*) Cf. darüber Virgil's Aeneis und Livius, römische Geschichte, Buch I, Capitel 3.

**) Selbst der berühmte Dictator Caesar scheint dem Verfasser nur nach seinem Familiennamen Julius bekannt zu sein; denn v. 266 heisst es: „Sein Name wird mit der Zehnzahl (ι) beginnen". Das Wort Caesar dagegen hält er noch v. 265 für einen Amtstitel auch der republicanischen Führer. Dass auch in heidnischen Orakeln die Julier „Aeneaden" hiessen, beweist folgende Stelle aus einer untergeschobenen heidnischen Sibyllenschrift, die zu Nero's Zeit Aufsehen machte (Cf. Dio. Cassius cap. 62):

῎Εσχατος Αἰνεαδῶν μητροκτόνος ἡγεμονεύσει.

(v. 159) nicht etwa das römische Volk im allgemeinen, sondern die leibliche Nachkommenschaft des Aeneas bezeichnet, beweist v. 231, wo das Wort gleichfalls im Sinne von „Geschlecht, Nachkommenschaft" gebraucht ist. Auch III, 394 hat es diesen Sinn.

Ist diese Erklärung richtig, so ist auch **das Buch** zu einer Zeit **geschrieben, da das Juliergeschlecht noch nicht** mit Nero **ausgestorben war.** Denn aus den Worten v. 159—162 scheint hervorzugehen, dass die „Aeneaden" zur Zeit des Dichters die Welt regierten. Dagegen zieht Friedlieb gerade aus einem Theile dieser Stelle (v. 159—161) den Schluss, dass das elfte Buch zwischen 114—117 n. Chr. verfasst sei, weil nur in dieser Zeit die Gegend zwischen Euphrat und Tigris von den Römern besetzt gewesen sei. Aber eher liesse sich das Gegentheil schliessen, nämlich, dass gerade in jenen Jahren das Buch nicht geschrieben sein könne. Denn um die Zeit Trajan's hatten die Römer die Parther gedemüthigt; also wäre die Wendung v. 161 „die Römer würden alles beherrschen, **ausser** den Assyrern, wo weit der Parther sich ausdehnt *)", nicht am Orte. Sie weist vielmehr in eine Zeit, da entweder die Parther die Unterjochungsversuche der Römer zurückgewiesen hatten oder beide Völker friedlich neben einander wohnten. Darum lässt sich die Wendung recht gut auf die Zeit der julischen Kaiser beziehen, in welche auch manche andere Indicien führen. Denn damals bestand eine Art diplomatischen Verkehrs zwischen Rom und Parthien, bei welcher bald diese, bald jene Seite im Vortheil war, also der die römische Macht hemmende Einfluss des Partherreiches wohl empfunden werden konnte. Wenn aber Friedlieb geltend macht, dass nur unter Trajan die Römer Länder zwischen

---

*) V. 161 ist wohl zu lesen: ὅππη μηκύνεθ' ὁ Πάρθος, da in diesem Buche, wie in andern epischen Gedichten, αι zuweilen elidirt wird und das Imperfect in einem Orakel kaum gebraucht werden konnte. Das τ blieb übrigens oft in den Handschriften vor einem Spiritus asper stehen; so auch B. VIII, 184: ‚δί τ Ἱλοῦνται.'

Euphrat und Tigris besessen hätten, so fragt es sich, ob das „Beherrschen" hier im Sinne von „Besitzen" gemeint ist. Denn da schon unter Augustus grosse Strecken zwischen Euphrat und Tigris, wenn auch nicht Rom selbst, doch völlig abhängigen Vasallenkönigen gehörten, so liesse sich wohl der Ausdruck rechtfertigen, dass Rom in jenen Ländern „geherrscht" habe.

Aus dieser Stelle ergibt sich noch, was Friedlieb mit Recht betont*), dass B. XI nicht nach Zerstörung der Partherherrschaft durch die Sassaniden, also **nicht nach 226 n. Chr.** geschrieben ist, da ja die Parther noch als selbständige Nation erscheinen. Es ist dies zugleich ein Beweis, dass dies Buch nicht einen Verfasser mit den drei folgenden Büchern hat, da in diesen überall das neue Perserreich hervortritt.

Von v. 163—179 folgt eine Stelle, die unverkennbar B. III, 419 f. nachgebildet ist, aber mit einer sehr characteristischen Abweichung, die man bisher übersehen hat. Der „weise ältliche Mann mit dunkeln Augen, der Hector und Achilles besungen", ist in B. III ohne Zweifel Homer. Das Orakel in B. XI aber ist nicht eine blosse Copie, sondern hat bei ähnlicher Form völlig verschiedene Bedeutung. Denn hier fehlen alle Merkmale, an denen man dort den Homer sofort erkennen kann; und das dürfte kaum zufällig sein. Weder heisst der Dichter ein Mann von erlogener Heimath, noch erscheint er als blind. Auch ist sein Name nicht aus zwei Worten gemischt, was in B. III eine Anspielung auf den aus ὁμοῦ und ἀραρίσκω zusammengesetzten Namen des grossen griechischen Epikers ist. Ferner wird nicht von ihm gesagt, dass er Ilions Loos besungen habe oder Hector und Achilles. Kurz, alles fehlt, was in B. III an Homer erinnert. Und wo hätte denn auch Homer die Schicksale des Aeneas beschrieben, die er bei Troja's Zerstörung und nachher erlitten? Von diesen allein aber war in den letzten zwanzig Versen (144—162) die Rede. Schon dieser Umstand, dass die Erscheinung

---

*) a. a. O. p. LXIII.

des Sängers nach Schilderung der Irrfahrten des Aeneas erwähnt wird, legt die Vermuthung nahe, dass der **Sänger der Aeneis, Virgil,** gemeint sei. Auf ihn passt auch vortrefflich die Entrollung der sibyllinischen Schriften; denn kein Dichter des Alterthums hat die Sibyllenschriften so oft erwähnt, ihr Ansehen so sehr gefördert*). In der Aeneis kommt allein zwölfmal eine Sibylle vor. Diese Prophetin weissagt nicht allein dem Aeneas, sondern geleitet ihn sogar in die Unterwelt, wo er von seinem Vater ein Orakel erhält. Es ist ferner bekannt, welches Aufsehen in der römischen Welt die vierte Ecloge gemacht hat; und in derselben verweist Virgil geradezu auf die Sibylle von Cumae. Auch ist zu beachten, dass Aeneas bei Virgil der Sibylle verspricht, ihre Orakel sammeln zu lassen. Daraus ergibt sich, dass Virgil für die Sibyllenliteratur von grosser Bedeutung war und darum eine Erwähnung mehr noch verdiente, als Homer, der nicht einmal eine Sibylle auftreten lässt.

Dass aber der Dichter von B. XI die Schriften Virgil's gekannt hat, ergibt sich auf's klarste aus den mannigfachen Berührungen seiner Weissagung mit der Aeneis. Und die betreffenden Stellen der Aeneis befinden sich sogar zum grossen Theile geradezu in Aussprüchen der Sibylle oder in Weissagungen, die dem Aeneas gegeben wurden, da er in Begleitung der Sibylle in die Unterwelt ging. Die übrigen Stellen stehen wenigstens in einem Orakel desselben delphischen Apollo, dem auch die Inspiration der Sibyllen zugeschrieben wurde. VI, 784 wird in der Aeneis von Rom gesagt:

‚Septemque una sibi muro circumdabit arces'.
Sib. XI, 115 und 116 steht, dass Romulus und Remus

‚ἑπτὰ λόφοισι δὲ τείχη
Καρτερὰ δομήσουσι.'

---

*) Warum gesagt wird, dass Virgil **zuerst** die Schriften dieser Sibylle (ἐμαὶ βίβλοι sind nicht sibyllinische Schriften überhaupt) entrollen werde, wird später sich ergeben.

Aen. III, 97:
„Hic domus Aeneae cunctis dominabitur oris
Et nati natorum et qui nascentur ab illis';
damit vergleiche Sib. XI, 159:
„Ἄρξει γὰρ γενεὴ τούτου μετόπισθεν ἁπάντων'.
Der Ausdruck XI, 144:
„Ἄρξει δ'ἐκ γενετῆς καὶ αἵματος Ἀσσαράκοιο'
ist gleich dem bei Virgil (Aeneis VI, 779):
„Romulus, Assaraci quem sanguinis Ilia mater
Educet'.
Aen. VI, 801 wird vom Nil gesagt:
„Et septemgemini turbant trepida ostia Nili'.
Dazu vergleiche den Ausdruck Sib. VI, 256:
„παρὰ χεύμασι Νείλου
Ἑπταπόροις στομάτεσσιν ἐπερχομένοιο θαλάσσης'.
Vergleiche ferner die Schilderung Aeneis B. VI, 110 f.
sowie Sib. B. XI, 144 f. über die Rettung des Anchises
durch Aeneas. Die Anzahl dieser Stellen liesse sich leicht
noch vermehren; doch die Sache ist völlig evident, wenn
man die historische Darstellung und die verschiedenen
Orakel der Aeneis mit der Weissagung in B. XI vergleicht.

Nach der Stelle v. 167 f. läge nun zunächst die Vermuthung nahe, dass Virgil das elfte sibyllinische Buch gekannt und benutzt habe, da er ja vielfach auf Sibyllenschriften verweist und die mit B. XI sich berührenden Stellen zum Theil geradezu einer Sibylle in den Mund legt. Aber wenn der „weise Sänger" (v. 167 f.) wirklich Virgil ist, so ergibt sich daraus, dass der Dichter von B. XI nach Virgil gelebt hat, also auch seine Darstellung von der Aeneis abhängig ist und nicht das umgekehrte Verhältniss stattfindet. Nun aber fragt es sich: **Warum erwähnt der Verfasser den Virgil?** Welchen Zweck hat dieser Hinweis auf den Sänger der Aeneis? Ohne Zweifel will der Dichter durch die Angabe, dass schon Virgil sein Buch gekannt habe, demselben grösseres Ansehen verschaffen; ähnlich wie der Verfasser von B. III durch den Hinweis auf Homer. „Aber wie kömmt es, dass erst nach

Virgil's Tode diese Sibyllenschrift bekannt wird, die er entrollt?" Dies war ein Einwand, der dem Glauben an Alter und Echtheit von B. XI leicht hätte gefährlich werden können. Der Dichter begegnet ihm durch den höchst eigenthümlichen Schluss seiner Weissagung, der in B. III fehlt (XI, 169—171):

,*Αὐτὸς γὰρ πρώτιστος ἐμὰς βίβλους ἀναπλώσει
Καὶ κρύψει μετὰ ταῦτα καὶ ἀνδράσιν οὐκέτι δείξει
Εἰς τέλος οὐλομένου θανάτου, βιότοιο τελευτῆς.'*

Hier wird gesagt, dass derselbe Dichter, der zuerst die Gesänge dieser Sibylle entrollt, sie wieder verbergen werde bis zu seinem Tode*). In ähnlicher Weise wird von allen Apocalyptikern, welche Grössen der Vorzeit Orakel in den Mund legen, das spätere Auftauchen derselben motivirt, meist in der Weise, dass Jemand den Auftrag erhält, sie zu verbergen; so ist es wenigstens bei IV Esra, Assumtio Mosis u. s. w.

Jedenfalls will der Dichter durch die Stelle erklären, warum seine Schrift in der letzten Zeit nicht bekannt geworden sei. Eine andere Stelle in B. XI scheint sogar auf ein **Verborgensein des Orakels vor der Zeit Virgil's** hinzuweisen (v. 318). Leider befindet sich vor den Worten: *,ἐπὴν βίβλοις δὲ προσέλθῃ'* eine Lücke', so dass dieselben schwer zu deuten sind. Nach Alexandre ist wenigstens ein ganzer Vers ausgefallen. In der fehlenden Stelle nun war jedenfalls die Rede von einer Person, die zu den Büchern der Sibylle kommen werde; und aller Wahrscheinlichkeit nach war dies Niemand anders, als wiederum Virgil. Ist diese Ansicht richtig, so sind die Verse 318 —320 so zu fassen: „Wenn er (Virgil) zu den Büchern gelangt ist, soll er sich nicht fürchten und alles Zukünftige und Vergangene wird er (man?) aus unsern Gesängen erfahren; dann wird Niemand mehr die gottbegeisterte Scherin eine Unglücksprophetin nennen." Die Sibylle will dann

---

*) Der Ausdruck *εἰς τέλος οὐλ. θαν.* geht auf das Ende des Sängers, nicht der Welt; XIII, 4 wenigstens hat die Wendung diesen Sinn.

andeuten, dass ihre Gesänge von Virgil aufgefunden und zu Ehren gebracht werden sollen. Wo aber die Gesänge so lange verborgen waren, und wie Virgil sie entdeckt, diese Fragen berücksichtigt der Dichter so wenig, als irgend ein anderer Sibyllendichter dem Leser erklärt, wo seine untergeschobene Schrift seit der fingirten Zeit der Sibylle versteckt gewesen sei.

Für die Richtigkeit der Deutung auf Virgil spricht noch Folgendes. Jene Angabe der Sibylle, dass Virgil ihre Gesänge bis zu seinem Tode verbergen werde, erinnert an die bekannte Erzählung, dass dieser Dichter die Aeneis bei Lebzeiten Niemand gezeigt und erst in seinem **Testament** dem Varius und Tucca überlassen habe*). Vielleicht hat dem Sibyllendichter diese Erzählung vorgeschwebt und ihn veranlasst, dem Virgil auch ein Verbergen der von ihm benutzten Sibyllenschriften zuzuschreiben.

Wenn diese Erklärung der Stelle v. 167 f. richtig ist, so folgt daraus, dass **B. XI nicht ein oder mehrere Jahrhunderte nach Christus verfasst** sein kann. Denn die ganze Fiction, dass Virgil diese Schrift verborgen habe, ist nur dann von Bedeutung, wenn die Schrift nicht lange nach dem Tode dieses Dichters abgefasst worden ist. Sonst würde die Frage von neuem sich erhoben haben, wo denn das Buch in den Jahrhunderten seit Virgil verborgen gewesen sei. So weist auch diese Stelle in die Zeit des julischen Kaiserhauses **).

Die Sibylle zeigt noch einmal durch v. 112 an, dass sie einen Excurs gemacht, der sie in eine andere Zeit geführt, und geht dann zur Schilderung der früheren Zeit zurück, „in der alles, was sie gesagt, sich erfüllen wird", womit die Periode der Perserherrschaft (v. 99 f.) oder die Zeit der Erbauung Roms gemeint ist (v. 115 f.). Jedenfalls wendet sich ihr Interesse nunmehr dem Volke zu, welches einst die Perserherrschaft stürzen sollte, **den Griechen.**

---

*) Ueber die verschiedenen Berichte cf. Plinius 7, 30 f.; Gellius 17, 10; Donatus § 52 u. a. m.

**) Cf. S. 55 f.

Nach mancherlei Kriegen der Hellenen und anderer Völker kömmt ein assyrischer Mann (= ein Perser cf. v. 80, v. 161), ein Aethiopier*), in dem man sofort Xerxes erkennt, nach Griechenland. Kurz wird dann nach den Perserkriegen der Kampf der hellenischen Stämme erwähnt, der 87 Jahre dauern soll (von 431—354?); dann tritt Macedonien hervor. Philipp wird übertrieben und unhistorisch, doch unverkennbar, geschildert; darauf Alexander, wobei die Darstellung B. III, 381 — 387 fast wörtlich wiederholt wird. Neu ist eigentlich nur die Wendung $\Pi\epsilon\lambda\lambda\alpha\tilde{\iota}o\varsigma$ $\H{A}\varrho\eta\varsigma$ (v. 220), welche bereits V, 4 (?) und XII, 4 nachgeahmt wird. Manche Verse aus B. III sind hier wiederholt, die nicht recht in B. XI passen; so 217 und 218 aus III, 291—292. Dies beweist, dass der Dichter die Darstellung in B. III nicht recht verstanden hat.

V. 224 f. ist kurz die **Zeit der Diadochen** geschildert. Der Mann, der in Europa Nachlese halten wird (v. 227 f.), ist wohl weder Ptolemaeus noch Antigonus**), sondern Antiochus III, der Grosse, der nach des Dichters Meinung auch in seinem Vorbilde III, 389 f., geschildert war. Wenn diese Annahme richtig ist, so sind die acht folgenden Männer desselben Geschlechtes und Namens nicht acht Ptolemaeer, wie Alexandre und Friedlieb annehmen, sondern die acht Könige Namens Antiochus, die von Antiochus III bis zur Unterwerfung Syriens durch die Römer herrschten. Manche zählen zwar selbst einen Antiochus XIII, aber dieser war schon König von Commagene; und auch Antiochus XII war nicht eigentlicher König***). Dagegen liesse sich etwa einwenden, dass noch Könige anderen Namens zwischen jenen acht gewesen seien; doch bei den Ptolemaeern findet sich dieselbe Schwierigkeit, da es dreizehn bis vierzehn Ptolemaeer gibt, von denen auch einige

---

*) Cf., was zu v. 60 f. bemerkt ist, S. 51 f.

**) Beider Thaten sollen nach Alexandre hier zusammengeschmolzen sein.

***) Es ist bekannt, wie verschieden die Zählung der seleucidischen Könige schon bei den Alten gewesen ist.

andere Namen (Alexander u. s. w.) führten. Ferner scheint erst etwas später Aegyptens Schicksal, welches seit der Erwähnung von Alexander's Tod nicht mehr berücksichtigt worden war, von neuem berührt zu werden, um dann bis an's Ende des Orakels wieder in den Vordergrund zu treten. Es wäre weiter im höchsten Grade auffällig, wenn die Seleuciden nicht einmal beiläufig erwähnt worden wären. Endlich fehlt bei den ὀκτὰ βασιλεῖς von Aegypten (v. 243) der Artikel, woraus sich schliessen lässt, dass diese acht (aegyptischen) Könige (v. 243) nicht mit den acht Königen v. 230 identisch sind. Dieser sprachliche Grund, der bei vielen prosaischen Schriftstellern entscheidend wäre, ist freilich hier nicht von grosser Bedeutung, da in den sibyllinischen Orakeln häufig, wie bei Homer, der Artikel auch dann fehlt, wenn früher Berührtes wieder erwähnt wird. Doch machen alle diese Gründe zusammen die obige Ansicht wenigstens wahrscheinlich.

Von v. 232—238 wird dann die Blüthe von Alexandria erwähnt, welches als mächtige „Mutterstadt" geschildert wird. V. 239—242 folgt die Wegführung der Juden nach Aegypten unter Ptolemaeus Lagi. Von 243—253 wird die **Geschichte der Ptolemaeer** behandelt nach dem Vorbilde von B. III, 396—400, dessen Darstellung sich indessen wohl auf die Seleuciden bezieht. Von v. 254 an wird die Herrschaft der vielumworbenen Kleopatra geschildert und die Kriege, die um ihretwillen in Aegypten geführt wurden.

Kurz wird dann der traurige Zustand in **Rom** zur Zeit der Bürgerkriege und der Tod des letzten Cäsaren (!) Julius erwähnt. Der Verfasser gibt nämlich allen römischen Machthabern zur Zeit der Parteikämpfe bis zu den Männern des letzten Triumvirates den Cäsarentitel. Dies ist ein sonderbarer Irrthum, der sich aber leichter erklären lässt unter der Herrschaft der ersten Kaiser, da die Orientalen noch nicht viel mit den Verhältnissen des Occidentes bekannt waren, als später, da der Cäsarentitel jedem römischen Kaiser officiell beigelegt wurde. Die Reihe derselben aber wurde in späterer Zeit mit Augustus oder höchstens mit Caesar, nie mit einem früheren Machthaber eröffnet. So ist auch XII, 269 und XIII, 23 und 56 das Wort Καῖσαρ ausdrücklich im späteren Sinne als Titel der römischen Kaiser gebraucht. Die Stelle 269—271, nach welcher die Kinder Rom's (παῖδες = filii) aus Dankbarkeit den Caesar auf den Händen tragend bestatten werden, bezieht sich vielleicht auf eine sagenhafte Darstellung seines Begräbnisses, von der sonst nichts berichtet wird. Der Grabhügel aber (v. 270) ist historisch*).

In den folgenden Versen v. 272 f., welche das Schicksal von Rom fortsetzen, ist richtig, dass nach Caesar's Tode die Dictatorenherrschaft aufhören werde, unrichtig, dass sofort danach ein König regieren werde. Diese Angabe erklärt sich durch die Annahme, dass der Dichter den Antonius für den ersten römischen König gehalten hat. Um die darauf folgenden Verse richtig zu verstehen, muss man bedenken, dass diese Sibylle meist die Geschichte eines Landes fortführt bis zu dem Zeitpunkte, da ein neues Volk oder ein neuer Machthaber auftritt, und dann die Schicksale dieses Volkes oder Mannes nachholt, um darauf wieder ihren Faden fortzuführen. So beginnt denn mit v. 279 ein neuer Abschnitt, der Aegyptens Schicksal vor der Ankunft des Antonius kurz darstellt. Denn die Anrede richtet sich offenbar an Aegypten, nicht an Kleopatra, von der in den letzten Versen (261 f.) nicht die Rede war. Das καὶ τότε weist also nicht auf den v. 278 angedeuteten Feldzug des „Königs" zurück, der erst v. 285 weiter beschrieben wird, sondern auf die ganze Zeit, die von v. 261 f. an geschildert war, die Zeit von Caesar bis zum letzten Triumvirate. Von v. 281 b. — 283 b. wird das wechselnde Schicksal der Kleopatra während Caesar's Machtstellung geschildert; v. 283 b—284 ihre Vermählung mit dem „schrecklichen Manne", der wohl identisch mit dem „König" (v. 276), also dem Antonius, ist. Von v. 286 an tritt der „König" von Rom wieder in den Vordergrund, der zugleich als Herr von Aegypten erscheint. Als solcher konnte Antonius wohl erscheinen, da er der Kleopatra Buhle war. Die

---

*) Cf. Suetonius, Julius Caesar, § 85.

Braut aber (v. 285), die Wittwe gewesen ist (290), ist wohl kaum die Königin, wie es scheinen könnte, sondern Aegypten, welches auch v. 232 als Braut dargestellt war*). V. 292 —297 zeigt sich der letzte Act der Tragödie; doch lassen die verstümmelten Verse nur erkennen, dass der Tod der Kleopatra und die Trauer eines Königs über dies Ereigniss geschildert war.

Es ist gewiss auffallend, dass gerade **in der Schilderung dieser letzten Begebenheiten** (von v. 261 an) so **vieles dunkel** ist; doch berechtigen die mancherlei einzelnen Züge, die der Verfasser kennt, sowie das hervorragende Interesse für Kleopatra, trotzdem zu der Annahme, dass diese Zeit, die er zuletzt geschildert, nicht lange hinter ihm lag. Die Stelle (261 f.) bietet aber in anderer Hinsicht noch einen Anhaltspunkt für die Bestimmung der Abfassungszeit von B. XI, indem sie einen Beweis bietet gegen die Zusammengehörigkeit von B. XI und B. XII. Denn in B. XII (14) erscheint Augustus als erster römischer König, wie in B. V (12), während hier Antonius als solcher bezeichnet wird. Dass übrigens Antonius einem Orientalen als König erschien, ist bei dessen Auftreten im Morgenlande nicht zu verwundern, und ein solcher Irrthum ist nicht ohne Analogie in andern jüdischen Schriften aus der Zeit Jesu's. Es lässt sich freilich nirgends mit Gewissheit nachweisen, dass einem Machthaber vor Augustus in einer jüdischen Schrift der Königstitel beigelegt worden ist; doch werden z. B. in dem sogenaunten Adlergesicht (IV Esra c. XI und XII) von manchen Gelehrten die drei Häupter, (= reges) auf Helden der römischen Bürgerkriege (Sulla, Marius und Cinna oder Caesar, Antonius u. a. m.) gedeutet. In den Psalmen Salomo's ferner wird Pompejus ganz wie ein orientalischer Monarch geschildert.

„Von nun an, so **schliesst** die Sibylle ihre Weissagung, wird Aegypten als Dienerin viel Leiden erdulden, weil es das fromme Volk gedrückt hat, und erkennen, dass Gottes

---

*) XII, 236 und 239 erscheint Rom in ähnlicher Weise als Wittwe.

Zorn es getroffen hat". In den letzten zehn Versen sagt sie noch, dass sie nach Python und Panopeus gehen wolle, und dass einst die Zeit ihrer Rechtfertigung kommen werde.

Gewiss ist Manches in dieser Erklärung des Buches fraglich und manche Dunkelheit unaufgeklärt; doch wird es nie gelingen, alles einzelne so zu interpretiren, wie etwa eine rein historische Schrift erklärt werden kann. Dennoch ist es besser, eine Erklärung zu versuchen, als auf jedes Verständniss des schwierigen Buches zu verzichten. Soviel steht übrigens bei aller Unklarheit einzelner Stellen fest, dass die Sibylle die Absicht gehabt hat, einen kurzen **Abriss der Weltgeschichte** zu geben und die Hauptvölker zu schildern, die der Reihe nach hervorgetreten sind.

Daneben ist die ganz besondere **Rücksichtnahme auf Aegypten** nicht zu verkennen, dessen Geschicke fast immer im Vordergrunde stehen. Mit Aegypten beginnt und endet das Buch; Aegypten wird selbst oft in der zweiten Person angeredet mitten in der Schilderung ausländischer Ereignisse. Ueberall, wo die Sibylle die zweite Person gebraucht, wendet sie sich an dieses Land, wenn nicht ausdrücklich eine andere Person als die angeredete bezeichnet wird. Letzteres ist der Fall: v. 61 f., v. 105 f., v. 122 f., v. 125 f., v. 182 f., v. 204 f., v. 285 f. Dagegen ist Aegypten angeredet: v. 32 f., v. 50 f., v. 71 f., v. 118 f., v. 212 f. (?), v. 279—281 a., v. 285—291 (?), v. 304 f. Oft noch ist von diesem Lande in dritter Person die Rede. Dies berechtigt zu dem Schlusse, dass der Verfasser des Buches in Aegypten gelebt hat, wie die meisten Sibyllendichter.

Aus der Analyse ergibt sich, dass B. XI keine directen Kennzeichen zur Bestimmung der Abfassungszeit liefert, und dass dieselbe darum nur auf dem Wege von **Vermuthungen und Wahrscheinlichkeitsbeweisen** festgestellt werden kann. Indem schon im Vorhergehenden bei Erklärung einzelner Stellen dies Verfahren eingeschlagen wurde, empfahl sich die Annahme, dass das Buch zur Zeit des julischen Kaiserhauses entstanden sei*). Es ist nun die

---

*) Siehe S. 56 und 61.

Aufgabe der folgenden Darstellung, diese Vermuthung durch weitere Gründe zu stützen. Wenn es gelingen wird, **die Beweise zu entkräften,** die man gewöhnlich zum Belege der **Zusammengehörigkeit von B. XI mit den ohne Zweifel spät abgefassten drei letzten Büchern** vorbringt, und im Gegensatze zu dieser Ansicht nachzuweisen, dass B. XI ein selbständiges Ganze bildet, so wird schon ein wesentlicher Einwand gegen die aufgestellte Annahme der Entstehungszeit dieses Orakels beseitigt sein. Es folgt zunächst eine Widerlegung der Gründe, die für die Zusammengehörigkeit der vier letzten Bücher gewöhnlich aufgestellt werden, und sodann eine Aufzählung von Beweisen, die geradezu gegen die Verbindung von B. XI mit B. XII—XIV sprechen.

Unter den **Gründen für die Zusammengehörigkeit der vier Bücher** ist von geringer Bedeutung der Umstand, **dass sie in allen Handschriften mit einander verbunden sind.** Wollte man darum auch auf eine innere Zusammengehörigkeit derselben schliessen, so müsste man auf jede historische Untersuchung der sibyllinischen Orakel verzichten. Denn auch die acht ersten Bücher sind keineswegs nach innern Gründen geordnet, so dass man annehmen müsste, dass B. III und IV, oder B. IV und V von einem Verfasser herrührten*).

Es werden aber auch andere, mehr innere, Gründe für die Zusammengehörigkeit der vier letzten Bücher vorgebracht, z. B. die **scheinbare Verbindung** derselben **durch die einzelnen Prologe und Epiloge.** Dieser Grund könnte indessen höchstens beweisen, dass B. XI—XIII von einem Verfasser herrühren; denn die Einleitung von B. XIV ist völlig andersartig, als die der übrigen Bücher**), und ein Schlusswort fehlt völlig in demselben. Was nun die Prologe und Epiloge von B. XII und XIII betrifft, so fragt es sich, von wem sie verfasst sind. Es liesse sich etwa

---

*) Nur B. I und II bilden ein Ganzes.
**) Der Prolog erinnert an das Prooemium der Erythraea (B. III).

denken, dass der Sammler des Ganzen diejenigen Bücher, bei denen kein besonderes Exordium oder Nachwort sich befand, durch eigene Zuthaten mit den vorhergehenden oder folgenden Schriften verbunden hätte, damit sein Sammelwerk den Character eines zusammenhängenden Ganzen erhalte. Dann könnten die Prologe und Epiloge des zwölften und dreizehnten Buches von ihm herrühren. Aber gegen jene Annahme spricht der Umstand, dass auch jetzt noch manche Bücher keinen Prolog oder Epilog besitzen. Auch scheint es nach der Vorrede des Sammlers, als habe er sich darauf beschränkt, Vorhandenes, was er zerstreut und verwirrt vorgefunden (σποράδην εὑρισκομένους καὶ συγκεχυμένους), nach sachlichen Gründen zusammenzustellen, ohne eigene Zuthaten oder Aenderungen vorzunehmen. So ist es denn wahrscheinlicher, dass er selbst schon kleine Sammlungen vorgefunden hat, die im Laufe der Zeit unter einander verbunden worden waren, z. B. I, II und III. Auf diese Weise waren wohl auch schon B. XI—XIII früher in Verbindung gebracht worden, und zwar aller Wahrscheinlichkeit nach durch den Dichter der Bücher XII und XIII, der seine Orakel dem älteren elften Buche anreihte und darum ein natürliches Interesse hatte, die Wendungen desselben möglichst nachzuahmen. Die Aehnlichkeit findet sich übrigens nicht einmal bei den Prologen, sondern nur bei den Epilogen.

Doch gerade der **Epilog von B. XI** beweist, dass der Dichter des Buches nicht daran dachte, weitere Prophezeiungen zu geben. Denn die Sibylle sagt, sie wolle nach Python und Panopeus gehen, wo sie einst als wahre Prophetin erkannt werde, und bittet den „König" (Apollo), dass er ihren Gesang aufhören lasse und statt der schrecklichen Wuth ihr lieblichen Sang (ἱμερόεσσαν ἀοιδήν) verleihe. Sie bittet nicht, wie die Sibylle in B. XII, die noch weitere Orakel geben will (in B. XIII): „Βαιὸν δ' ἄν(!) παῦσόν με', sondern sie fleht um **völlige Lösung des Zwanges.** Wären ferner B. XI und XII von einem Dichter verfasst, so müsste man am Anfang von B. XII eine Andeutung der Seherin erwarten, dass sie wiederum statt des ersehnten lieblichen

Sanges prophetische Worte auf göttlichen Befehl verkünden müsse. So zeigt die Sibylle in B. III (v. 295 und v. 490) ausdrücklich an, dass sie nach kurzer Ruhe wieder prophezeien müsse; und Gleiches enthält wohl auch das Exordium von B. XIII *), ganz entsprechend der am Ende von B. XII ausgesprochenen Bitte um Erholung. Aber am Anfange von B. XII fehlt jede derartige Andeutung; vielmehr ist das Prooemium fast wörtlich aus B. V entnommen und beginnt:

'Ἀλλ' ἄγε μοι στενόεντα χρόνον Κλυαλατινιδάων.'

Wären nun also B. XI und XII von einem Dichter verfasst, so müsste die „**traurige** Zeit der berühmten Lateiner" der Inhalt des „**liebreizenden Sanges**" (XI, 324) sein, was undenkbar ist. Aus all diesen Gründen ergibt sich, dass B. XII keineswegs von Anfang an mit B. XI verbunden war **).

Lücke führt noch weitere Gründe gegen seine ursprüngliche Annahme auf, nach der B. XI zur Zeit von Antonius und Kleopatra geschrieben und darum nicht mit den folgenden Büchern verbunden gewesen sei. **Der Dichter wolle nach v. 1—5 aller Welt ihr Unheil, ihren Untergang verkünden**; statt dessen ende das Buch mit einer Bedrohung Aegyptens, ohne von Rom etwas Weiteres zu sagen, als dass Aegypten ihm erliegen werde. Die Sibylle sagt indessen nur, dass sie der Welt τὰ κάκιστα verkünden wolle; von Untergang ist nicht die Rede. Was aber das Verhältniss des Dichters zu Rom betrifft, so werden dieser Stadt allerdings auch glückliche Ereignisse verkündet, die Herrschaft über die Völker und die Unterwerfung Aegyptens doch jenes war eine unbestreitbare Thatsache, da Rom zur Zeit des Dichters die ganze Welt beherrschte; die Eroberung Aegyptens aber zu erwähnen musste ihm um so näher liegen, als sie in der jüngsten Vergangenheit geschehen war und der Dichter gerade auf dieses Land besondere Rücksicht nahm. Dass jedoch den Römern auch

---

*) Friedlieb ergänzt mit Recht αὖϑις am Ende von XIII, 1.

**) Dass in den Epilogen noch ein wichtiger innerer Unterschied obwaltet, wird sich später ergeben; siehe S. 85.

schlimme Tage geweissagt werden, ergibt sich aus v. 261 f., wo das Regiment von Tyrannen und das Elend der Bürgerkriege erwähnt ist, das Traurigste für Rom, was der Dichter aus der Vergangenheit der Stadt berichten konnte. Wenn übrigens diese Sibylle nur eine Unheilsprophetin gewesen wäre, so könnte sie keinenfalls den Schluss von B. XIV gedichtet haben, wo der Blick in ein ewiges Zeitalter des Friedens und der Herrschaft des heiligen Volkes sich eröffnet. Dies wäre dann ein neuer Grund gegen die Verbindung dieses Buches mit B. XI.

Als Beweis für die Einheit des Verfassers von B. XI und XII liesse sich etwa noch geltend machen, dass XII, 13 der **Herrschaft Roms bis auf Augustus** eine Dauer von **620 Jahren** zugeschrieben wird und auch B. XI, 271 f. 620 Jahre resultiren, wenn man der Emendation Alexandre's folgt. Er will für:

lesen: ‚Δὶς τε διηκοσίους καὶ δὶς δέκα πληρώσασα'

‚Δὶς τε τριηκοσίους —.'

Aber erstlich ist die Art und Weise der Zahlangabe in beiden Büchern sehr verschieden (B. XI: $2 \times 300 + 2 \times 10$; dagegen B. XII: $6 \times 100 + 2$ Dekaden); zweitens fällt jenes Argument völlig, wenn man annimmt, dass der Dichter von B. XII sein Buch absichtlich dem unsrigen angereiht hat, was ihn zur Nachahmung desselben führen musste. Diese Vermuthung, dass der Dichter von B. XII jene Zahlangabe einfach aus B. XI entnommen habe, gewinnt an Wahrscheinlichkeit dadurch, dass dieser spätere Fortsetzer von B. XI, der wohl auch B. XIII verfasst hat, in eben diesem Buche (XIII, 46 f.) die bekannte Aera nach Erbauung der Stadt Rom angewendet hat. Es ist doch kaum zu glauben, dass ein Verfasser, der diese allgemein recipirte Aera kannte, die Zeit des Augustus so völlig falsch angegeben hätte, wie es XI, 272 f. geschieht; dagegen ist es wohl möglich, dass jener Dichter, auch wenn er bei selbständigen Zahlenangaben die Zeitrechnung nach Erbauung der Stadt gebrauchte, die abweichende Angabe aus B. XI ohne besondere Reflexion reproducirte (B. XII, 13 f.).

Man könnte noch geltend machen, dass B. XII, 17 **Aegypten angeredet** wird, wie so oft in B. XI; doch ist die Stelle eine Nachahmung von B. XI, 313, und im ganzen übrigen Buche wird Aegypten nicht wieder angeredet. Für Memphis scheint gleichfalls B. XII besonderes Interesse zu hegen, wie B. XI, und dies könnte wiederum als Beweis ihrer Zusammengehörigkeit angesehen werden (XII, 20 cf. mit XI, 33, 40, 236); aber die Stelle XII, 20 ist nicht von Bedeutung, da sie wörtlich aus B. V, 15 und 16 entnommen ist. In B. XIII ist Aegypten zwar berücksichtigt, doch nirgends angeredet, wie in B. XI. So fehlt denn in den beiden Büchern (XII und XIII) eine characteristische Eigenthümlichkeit von B. XI, so dass man darum eher auf Verschiedenheit der Verfasser schliessen kann, als umgekehrt.

Aus dem Bisherigen ergibt sich, dass die Gründe, welche für einen Zusammenhang von B. XI mit B. XII—XIV. zu sprechen scheinen, von keiner Bedeutung sind. Aber es finden sich selbst **mancherlei Gründe, die geradezu verbieten, jene Schriften einem Verfasser zuzuschreiben.**

Es ist vor allem deutlich, dass B. XII von einem **Christen** verfasst ist, während B. XI in **jüdischen Kreisen** entstanden ist. Alexandre*) hält es zwar für möglich, dass ein Jude XII, 30 f. und 232 geschrieben habe; aber wie kann man sich denken, dass ein noch so indifferenter Jude Christus ohne Anstoss den ‚$\varkappa\rho\upsilon\varphi\iota o\varsigma$ $\lambda\acute{o}\gamma o\varsigma$ $\dot{\upsilon}\psi\iota\sigma\tau o\iota o$ [$\sigma\alpha\rho\varkappa o\varphi\acute{e}\rho\omega\nu$] $\vartheta\nu\eta\tau o\tilde{\iota}\sigma\iota\nu$ $\dot{o}\mu o\tilde{\iota}o\nu$' oder den ‚$\lambda\acute{o}\gamma o\varsigma$ $\dot{\alpha}\vartheta\alpha\nu\acute{\alpha}\tau o\upsilon$ $\mu\varepsilon\gamma\acute{\alpha}\lambda o\upsilon$ $\vartheta\varepsilon o\tilde{\upsilon}$' genannt habe? Wie die Juden im dritten oder gar fünften und siebenten Jahrhundert über Christus und die Christen gedacht, ergibt sich aus mancherlei Aeusserungen und Anspielungen des Talmud, die von einer leicht erklärlichen Erbitterung zeigen. Für christlichen Ursprung von B. XII spricht ferner auch der Ausdruck $\nu\acute{e}o\varsigma$ $\nu\acute{o}\mu o\varsigma$, welcher nur die nova lex, das Christenthum, bedeuten kann. Nur der Ausdruck $\dot{o}\lambda\acute{e}\tau\eta\varsigma$ $\varepsilon\dot{\upsilon}\sigma\varepsilon\beta\acute{\varepsilon}\omega\nu$ (XII, 99), von Vespasian gebraucht, könnte auf einen jüdischen Verfasser schliessen

---

*) a. a. O. p. XXXIV.

lassen, wenn nicht die Stelle 99—101 beinahe wörtlich aus B. V, 36 und 37 entnommen wäre. Es hat übrigens auch niemand ausser Alexandre den christlichen Ursprung von B. XII bezweifelt*).

Nun findet sich aber im ganzen B. XI keine Spur von christlichen Einflüssen, man müsste denn ganz willkürlich einen plumpen Anachronismus des Dichters annehmen und demgemäss das Volk der εὐσεβεῖς (v. 308), welches von Aegypten ehedem bedrückt ward, auf die Christen deuten, während die εὐσεβεῖς v. 24 unzweifelhaft die Juden sind. Dagegen weisen manche Gründe auf **jüdischen Ursprung von B. XI** hin. So die **Kenntniss des alten Testamentes** (v. 29 und 307) und die Benutzung der Danielischen Prophetie in den Versen 245 f. **) Ferner hat es sich als wahrscheinlich ergeben, dass der Dichter manches aus der **jüdischen Tradition** entnommen hat (cf. v. 60 f. und v. 80 f.***). Endlich spricht für jüdischen Ursprung die Theilnahme für das Schicksal dieses Volkes, die neben der speciellen Rücksichtnahme auf Aegypten sich unverkennbar kundgibt. Denn gleich von Anfang werden schon die **Geschicke der Hebräer** in Verbindung mit der ägyptischen Geschichte erwähnt (v. 29—37); und ihre Unfälle, wie Glücksfälle (Exil, Rückkehr, Tempelbau, Wegführung unter Ptolemaeus Lagi) sind nicht vergessen (v. 45 f.; 87 f.; 89 f.; 239 f.). Noch zuletzt wird Aegyptens Unglück aus der

---

*) Friedlieb nimmt an, dass auch B·XIII von einem Christen verfasst sei; doch ist seine Deutung der Stelle XIII, 75 f., auf die er sich beruft, sehr problematisch. Uebrigens ist der christliche Ursprung des Buches schon durch seinen Zusammenhang mit B. XII gesichert. Die Frage ist aber hier völlig irrelevant, da B. XIII, selbst wenn es von einem jüdischen Dichter herrührt, unmöglich zu B. XI gehören konnte, weil das Mittelglied B. XII von einem Christen verfasst ist.

**) Vergleiche übrigens zu XI, 245 f. die Originalstelle III, 388—400, aus der allenfalls die Stelle des elften Buches ohne Berücksichtigung der Danielischen Prophetie entnommen sein könnte.

***) Siehe S. 51 f. und 54.

Bedrückung des „frommen Volkes" abgeleitet. Lücke vermisst trotzdem die Sympathie für das jüdische Volk [und führt dies als Grund gegen die Annahme jüdischen Ursprungs an. Dass aber der Dichter verhältnissmässig wenig mit seinem Volke sich beschäftigt, erklärt sich aus seinem speciellen Interesse für Aegypten, welches sich schon daraus ergibt, dass die seleucidischen Herrscher mit nur wenig Worten geschildert werden, während sie doch die Juden auf's schlimmste bedrückt haben, und ihre Geschicke in B. III, dem B. XI vielfach nachgebildet ist, sehr weitläufig behandelt sind.

Lücke macht auch noch darauf aufmerksam, **dass die Messiasidee in B. XI fehle**, um zu beweisen, dass das Buch von einem Christen verfasst sei, der natürlich seinen Messias erst dann erwähnt habe, als er aufgetreten sei, nämlich erst XII, 32. Es läge also darin ein Argument sowohl für den christlichen Ursprung von B. XI, als auch für dessen Zusammengehörigkeit mit den folgenden Büchern. Doch das Fehlen der Messiasidee erklärt sich aus der im Prologe (XI, 1—5) ausgesprochenen Tendenz der Sibylle, vorwiegend Unglück zu verkünden. Von der Zeit des Messias aber wurde eine Fülle von Glück und Segen erwartet; also wäre die Erwähnung der messianischen Zeit in diesem Orakel völlig unpassend gewesen. Auch war, wie schon zu B. II bemerkt wurde*), die messianische Hoffnung in den Kreisen des alexandrinischen Judenthums zu Christus' Zeiten zurückgetreten. Nur in wenig alttestamentlichen Apocryphen finden sich Spuren dieser Hoffnung.

Ist nach all diesen Gründen B. XI von einem Juden, B. XII von einem Christen verfasst, so können sie auch **nicht von einem Dichter** herrühren. Es ist dies der schlagendste Beweis gegen die gewöhnlich behauptete Zusammengehörigkeit der vier letzten Bücher.

Einige weitere Gründe hat die Analyse ergeben, die hier nur resümirt werden sollen. In B. XI erscheint Antonius als erster König, in B. XII aber Augustus. In B. XI heissen alle römische Machthaber vor dem letzten

---

*) S. 21.

Triumvirate Καίσαρες, in B. XII ist Καῖσαρ als der übliche Titel des römischen Kaisers gebraucht. Die Verschiedenheit der Zeitrechnung hat sich auch oben schon ergeben. Wichtig ist endlich, dass B. XI von allen Sibyllenschriften nur B. III kennt, welches am frühesten entstanden ist, während die drei letzten Bücher fast alle andern sibyllinischen Orakel kennen.

So zeigt es sich denn, dass B. XI und XII nicht von einem Verfasser herrühren können. Wenn sich nun doch in **sprachlicher Hinsicht** manche Aehnlichkeit zeigt, so fragt es sich, wie dieselbe zu erklären ist. Erstlich finden sich die gemeinsamen Wendungen vielfach auch in der übrigen Sibyllenliteratur oder bei dem Vorbild der Sibyllen, Homer. Vor allem aber erklärt sich die Uebereinstimmung bei der Annahme, dass B. XII das elfte Buch gekannt und fortgesetzt hat. Daneben finden sich auch manche Stilverschiedenheiten, die beweisen, dass beide Bücher nicht von einem Verfasser herrühren.

Fragt man nun, **was wohl den Dichter von B. XII veranlasst hat, die Orakel von B. XI fortzusetzen,** so ist zu beachten, dass die Sibylle B. XI, 15 sagt, sie wolle die Namen in Acrostichen nennen. Jener Dichter fand nun eine Art Fortsetzung dieser Dichtung in B. V, 4—51 vor, überarbeitete diese Verse und setzte sie bis in seine Zeit fort. Ob aber B. V das B. XI gekannt hat, oder nur zufällig den Faden dieses Buches weiterführt, ist fraglich. Das Exordium V, 1—9 scheint allerdings auf B. XI hinzuweisen und sieht einem Excerpte aus einem vorhergegangenen Orakel sehr ähnlich; aber es könnte vielleicht aus B. XII, 1—9 in B. V gekommen sein. Da übrigens auch V, 10—12 auf B. XI zurückzuweisen scheint, so ist es im höchsten Grade wahrscheinlich, dass B. V das B. XI gekannt hat. So haben wir zugleich in B. V ein ziemlich sicheres Zeugniss für das Alter des elften Buches.

Jedenfalls kann man mit demselben Rechte in B. V eine Fortsetzung von B. XI vermuthen, als in B. XII, da das fünfte Buch in gleicher Weise wie das zwölfte beginnt. Da aber diese beiden Bücher (V und XII) unmöglich von einem Verfasser herrühren können, so zeigt sich, wie wenig die behauptete ursprüngliche Zusammengehörigkeit von B. XI und XII sich begründen lässt.

Derselbe Dichter, der B. XII an B. XI anschloss, scheint auch **B. XIII** verfasst zu haben; denn XII, 296 bittet die Sibylle um kurze Erholung und XIII, 1 verkündet sie, dass sie wieder auf göttlichen Befehl weiter weissagen müsse. Dagegen ist B. XIV, welches Reuss mit Recht eine „müssige, den Leser äffende Träumerei" nennt, wohl jünger, als die beiden andern Bücher (B. XII u. XIII).

Wenn nun B. XI nicht von dem Dichter der folgenden Bücher herrührt, so ist die **selbständige Bedeutung** desselben erwiesen. Höchstens könnte sich noch die Frage aufwerfen lassen, ob nicht vielleicht ein Theil der Weissagung hinweggefallen sei. Denn es kömmt zuweilen vor, dass Ueberarbeiter den Schluss des ursprünglichen Werkes weglassen, um ihre Fortsetzung anschliessen zu können*). Aber der Epilog legt diesen Gedanken keineswegs nahe, wie früher nachgewiesen, da ja die Sibylle nicht um eine zeitweilige, sondern um **völlige Lösung** des Zwanges bittet**). Ferner **schliesst** die Prophezeiung **sehr angemessen** mit einer Bedrohung Aegyptens. Endlich berührt die Sibylle v. 315—321 ihre **eigenen Schicksale** und Absichten, indem sie angibt, sie wolle nach Python und Panopeus gehen; solche Angaben über die eigene Person aber machen alle Sibyllen am **Schlusse** der Prophezeiungen (II, 340 f.; III, 808—817; 818—828; VII, 150 f.).

Wenn demnach B. XI ein selbständiges Ganze ist, so ergibt sich **die Consequenz, dass es kurz nach den Ereignissen geschrieben ist, mit deren Schilderung es endet.** Damit fällt Friedlieb's Annahme, dass der Verfasser zwischen 115—118 n. Chr. gelebt habe. Denn es

---

*) So scheint der Verfasser von IV Esra c. XV und XVI den Schluss des ursprünglichen Werkes (c. III — XIV) aus gleichem Grunde weggelassen zu haben; cf. Hilgenfeld, Messias Judaeorum p. 108. Siehe auch S. 48.

**) Siehe S. 68 f.

lässt sich gar nicht absehen, welch' ein Interesse zu dieser Zeit ein Mensch gehabt haben sollte, Orakel zu geben über längst vergangene Ereignisse und Personen, ohne den Faden bis auf seine Tage fortzuführen. Es ist schon schwierig, einen Zweck dieses farblosen Buches nachzuweisen, wenn man annimmt, dass der Dichter die Ereignisse bis zu seiner Zeit schildern will, aber ganz unmöglich ist es, wenn der Dichter dieses Buches 150 Jahre nach den letzten Begebenheiten, die er weissagt, gelebt haben soll.

Auch **andere Gründe** noch beweisen, dass das Buch **nicht in so später Zeit** geschrieben ist, als Friedlieb annimmt. Nach den Ausführungen zu v. 159 erscheint als **terminus ad quem die Herrschaft des letzten Juliers Nero.** Ferner ergibt sich aus der Deutung der Stelle v. 163 f. auf Virgil, dass das elfte Buch nicht lange nach dessen Tode in die Oeffentlichkeit gelangt sein kann. Dazu kömmt, dass nirgends der Antichrist erscheint, also die blutige Gestalt des Muttermörders Nero, die fast alle späteren Sibyllendichter beschäftigt, noch nicht die Welt in Schrecken gesetzt hatte.

Weiter wird **die Prophezeiung des Buches Daniel (c. VII) auf die Ptolemaeer gedeutet,** womit also die Beziehung auf die römischen Kaiser geradezu ausgeschlossen ist. Diese letztere, in der Apocalypse des Johannes gegebene, Deutung aber war in späterer Zeit in jüdischen Kreisen so gut, wie in christlichen, verbreitet. Wenn man mit Recht den Schluss zieht, dass das dritte Buch zur Zeit der Seleuciden abgefasst ist, weil es die elf Hörner des vierten Thieres auf diese Regenten deutet, so muss man auch schliessen, dass B. XI zur Zeit der Ptolemaeer verfasst ist, da es die Danielische Prophetie auf dies Herrscherhaus bezieht.

Auch wird **keine der vielen Nationen erwähnt, die im zweiten und dritten Jahrhundert mit den Römern in Streit geriethen,** während ein Dichter im dritten oder gar siebenten Jahrhundert die früheren und späteren Feinde Roms kaum so richtig geschieden hätte. Nicht einmal die Germanen werden erwähnt, geschweige denn die Sarmaten, Pannonier, Celten, Dacier, Britannier, Neu-

Perser und andere in B. XII und XIII erwähnte später auftretende Völker. Es ist dies um so mehr zu beachten, als der Dichter in B. XI in anderen Beziehungen mancherlei historische Irrthümer vorbringt.

Es fehlt ferner noch jede feindliche oder freundliche **Beziehung auf das Christenthum**, was bei einem um 114 n. Chr. lebenden Juden unbegreiflich wäre. Auch die **römische Weltmacht** ist viel zu leidenschaftslos geschildert, als dass man mit Friedlieb an einen Dichter zu Trajan's Zeit denken dürfte. Nach der blutigen Catastrophe im Jahre 70 n. Chr. wäre wohl kein noch so vorsichtiger oder verweltlichter jüdischer Dichter im Stande gewesen, so ruhig und objectiv die Macht des Staates zu schildern, der die glühendsten Hoffnungen des freiheitliebenden Volkes so völlig zu nichte gemacht und gegen den gerade am Anfang des zweiten christlichen Jahrhunderts der blutige Aufstand Bar Cochba's sich erhob. Endlich ist es sehr zweifelhaft, wie schon bei der Untersuchung der beiden ersten Bücher hervorgehoben wurde *), ob nach der Zerstörung von Jerusalem noch sibyllinische Orakel aus jüdischen Kreisen hervorgegangen sind.

All diese Gründe beweisen, dass das Buch jedenfalls **vor dem Jahre 70 verfasst** ist. Nun läge es am nächsten mit Lücke anzunehmen **), dass der Dichter im Jahre 29 v. Chr. geschrieben habe, als Antonius und Kleopatra gestorben waren. Aber manche Gründe führen in eine etwas spätere Zeit. **Der terminus a quo** ist nach den Bemerkungen zu v. 162 f. Virgil's Todesjahr (19 n. Chr.***). Da ferner der Verfasser manches Unhistorische, Sagenhafte und Unklare über Caesar, Antonius, Kleopatra und Octavian vorbringt, da er ferner alle römischen Grossen vor Caesar Καίσαρες nennt, so ist zu vermuthen, dass er nicht Zeitgenosse jener Personen gewesen, sondern erst in der ersten oder zweiten Generation nach ihnen gelebt hat.

---

*) Siehe S. 47.
**) Nach seiner ersten Vermuthung a. a. O. § 10, S. 81.
***) Siehe S. 61 f.

Wenn aber der Dichter erst einige Zeit nach 29 v. Chr. geschrieben hat, so erhebt sich **die Frage, warum er nicht den Faden bis zu seiner Gegenwart fortgeführt** und die Herrschaft des Augustus beschrieben habe. So scheint denn gegen die hier aufgestellte Annahme der Abfassungszeit dasselbe Bedenken obzuwalten, wie gegen Friedlieb's Ansicht. Indessen lässt es sich vermuthen, was den Dichter veranlasst hat, gerade mit Octavian's Alleinherrschaft zu schliessen. Schon oben hatte sich gezeigt, dass er den Virgil kennt und nachahmt. Nun enden aber alle Prophezeiungen in der Aeneis, sowie die Bilder auf dem Schilde des Aeneas mit dem Siege des Augustus über Antonius. So liegt die Vermuthung nahe, dass der Dichter absichtlich da endet, wo Virgil abschliesst, damit seine Orakel für die Weissagungen der Sibylle gelten möchten, welche das Orakel am Anfang des sechsten Buches der Aeneis ertheilt und den Aeneas in die Unterwelt begleitet. Es ist klar, dass die ganze Fiction des Verfassers, nach der Virgil sein Werk gekannt habe, leicht hätte durchschaut werden können, wenn er gewagt hätte, Ereignisse zu prophezeien, die Virgil noch nicht geweissagt hatte. So erklärt es sich denn, warum der Dichter gerade mit dem Jahre 29 v. Chr. abschliesst, ob er gleich etwas später gelebt hat.

Man sollte nun erwarten, dass die Sibylle von B. XI für die cumäische gehalten werden wolle; denn die Seherin der Aeneis wohnt in Cumae (Aen. VI, 2, 97 f.), und auch Ecloge IV, 4 heisst die Sibylle Cumaea. Diese cumäische Sibylle war im Alterthum sehr bekannt, und ihre Orakel in Rom am angesehensten. Aber da der Dichter die Sibylle nach **Python** (= Delphi) und **Panopeus** (in Phocis) gehen lässt (XI, 315), so ist es wahrscheinlicher, dass er damit sein Buch **als eine Schrift der delphischen Sibylle** hinstellt. Diese auffällige Erscheinung, die mit der oben behaupteten Bezugnahme auf Virgil im Widerspruche zu stehen scheint, erklärt sich, wenn man bedenkt, dass die Sibyllen trotz ihrer verschiedenen Benennungen vielfach identificirt wurden. So hat wohl auch der Dichter von B. XI die delphische und cumäische Sibylle für identisch gehalten. Für diese Vermuthung spricht, dass er nicht nur die Weissagung der Cumaea (Aeneis L. VI), sondern auch das Orakel des Phoebus (Aen. III, 87) benutzt hat. Dass die Sibylle von B. XI jedenfalls für eine Dienerin des Apollo gehalten werden will, dem ja die Inspiration der Seherinnen zugeschrieben wurde, ergibt sich daraus, dass sie nach Python und Panopeus gehen will, vor allem aber aus der **Anrufung** des ἄναξ. Denn dieser König (v. 322), den sie anruft, ist weder Jehovah noch Christus, sondern der König Apollo, der den prophetischen Wahnsinn geben und nehmen kann. Ihm vor allem wird unter den griechischen Göttern, zumal bei dem Vorbild der Sibyllen, Homer, der Titel ἄναξ beigelegt. Auch Orph. Argonautica beginnen mit Anrufung des Königs Apollo, der in Python wohnt:

,Ἆναξ, Πυθῶνος μεδέων, ἑκατηβόλε, μάντι.'

Eine Verbindung der Sibylle mit Phoebus ist auch angedeutet bei Pausanias (Phocica § 12): ,Ἡ Σιβύλλη καλεῖ οὐχ Ἡροφίλην μόνον, ἀλλὰ καὶ Ἄρτεμιν ἐν τοῖς ἔπεσιν αὑτήν, καὶ Ἀπόλλωνος γυνὴ γαμετή, τότε δὲ ἀδελφὴ καὶ αὖθις θυγάτηρ φησίν εἶναι'; und ferner: ,Τὴν Ἡροφίλην οἱ ἐν τῇ Ἀλεξανδρείᾳ — νεώκορον τοῦ Ἀπόλλωνος γενέσθαι φασὶ τοῦ Σμινθέως *)'. Es ist also wahrscheinlich, dass, wie die Sibylle von B. III für die erythräische, so die des elften Buches für die delphisch-cumäische gehalten werden will.

Diese Vermuthung bestätigt sich noch durch einen Blick auf die einzige Nachricht, die sich hinsichtlich des **Inhalts der Orakel der delphischen Sibylle** erhalten hat. Solinus sagt c. 8**): ,**Delphicam** autem Sibyllam ante

---

*) Mit ἄναξ wird zwar auch zweimal in dieser Schrift Gott schlechthin bezeichnet (v. 37 und 311); doch schliesst dies die obige Deutung nicht aus, da die Sibylle, wenn sie gleich nach jüdischer Auffassung die Aufgabe hatte, auf den Monotheismus hinzuweisen, dennoch für eine Dienerin des Apollo galt.

**) Siehe Fabricius, bibliotheca graeca I, p. 227.

Trojana bella vaticinatam Bocchus (Boëthus?)*) autumat, cuius versus plurimos operi suo Homerum inseruisse manifestat. Hanc Herophile Erythraea annis aliquot intercedentibus insecuta est de scientiae parilitate.' Bleek meint**), obgleich Solinus ausdrücklich die erythräische und die delphische Sibylle unterscheidet, es habe nur ein Orakel der Art gegeben, und die Stelle beziehe sich allein auf B. III, welches im dritten Jahrhundert der erythräischen Sibylle zugeschrieben worden sei. Vielmehr ergibt sich aus der Stelle, dass es in den dem Alterthum bekannten Sibyllenschriften zwei sehr ähnliche Orakel über den trojanischen Krieg gegeben hat. Da nun deren eines nach Bleek's scharfsinnigen Nachweisungen sicher in B. III sich findet, so ist man wohl berechtigt, jene oben besprochene Weissagung (XI, 125 f.) für das zweite jener Orakel zu halten, welches Solinus und andere der delphischen Sibylle zuschreiben. Denn unstreitig bezieht sich B. XI, 125—143 auf den trojanischen Krieg; und ferner lag es nahe, v. 162—171 auf Homer statt auf Virgil zu deuten. Dass man die Stelle von B. XI als Original gegenüber dem B. III ansah, ist begreiflich, da man die delphische Sibylle für älter als die erythräische hielt Jene Stelle des Solinus ist auch insofern merkwürdig, als sie ein Zeugniss für das Dasein des elften Buches im dritten Jahrhundert bietet. Dieselben Angaben über die delphische Sibylle finden sich auch bei Isidor im liber originum (c. 8***).

---

*) Wer jener Bocchus oder Boëthus gewesen, den Solinus citirt, ist ungewiss. Wäre etwa jener Bocchus hier gemeint, den Plinius öfter erwähnt, so müsste das elfte Buch jedenfalls noch unter Augustus verfasst sein. Doch lässt sich kaum mehr sicher Name und Zeitalter jenes Autor's feststellen. Da übrigens die historia naturalis des Plinius eine Hauptquelle des Solinus gewesen ist, so mag es wohl jener von Plinius citirte Autor gewesen sein, der jene Nachricht über die delphische Sibylle der Nachwelt überliefert hat.

**) a. a. O. I, S. 152 f.

***) Ob Pausanias (Phoc. § 12) sich auf die Prophezeiung

Das Ergebniss dieser letzten Untersuchung ist: **Der Dichter von B. XI hat den Wunsch gehabt, dass seine Schrift für eine Weissagung der von Virgil erwähnten Seherin gehalten werde,** die nach seiner Ansicht mit der delphischen identisch war. Also hat die vielfache Erwähnung einer Sibylle durch Virgil in ähnlicher Weise einen Dichter angeregt, als der Hinweis auf einen Brief an die Laodicener (Ep. Pauli ad Col. IV, 16) im vorigen Jahrhundert einen Falsator zur Unterschiebung dieser Epistel veranlasst hat. So war es denn **die Absicht des Dichters, jenes vorgeblich von Virgil benutzte Orakel einer wenig critischen Mitwelt vorzulegen**; aber es lässt sich doch auch noch ein anderer, mehr practischer, Zweck des Orakels nachweisen, bei der Annahme, dass es unter den ersten Juliern in Aegypten verfasst ist.

Schon oben war darauf hingewiesen, wie sehr das Buch sich mit Aegypten beschäftigt. Neben manchen mehr objectiven und leidenschaftslosen Schilderungen (v. 60, 119 f., 232 f., 243 f.) findet sich eine Stelle, die eine **Straf- und Drohrede gegen Aegypten** enthält (v. 298). Die Unterwerfung durch die Römer wird hier als Strafe aufgefasst, die das Land getroffen habe, weil es das fromme Volk gedrückt. Wegen dieses Unrechtes hat das früher mächtige Land den göttlichen Zorn empfunden und muss den Fremden dienen. Warum ist nun der Dichter gerade gegen Aegypten so gereizt? Dies erklärt sich aus der grossen Spannung, die unter dem julischen Kaiserhause zwischen den Einheimischen und den vielfach bevorzugten jüdischen Einwohnern herrschte. Bekannt sind die heftigen Verfolgungen der Juden in Alexandria zwischen 38—40 n. Chr., die mit der Verhöhnung des Königs Agrippa I begannen und mit Mord und Plünderung endeten. Es war dies aber nur der Ausbruch einer lange schon bestehenden Feindschaft, die dadurch veranlasst war, dass die ägyptischen Juden im

---

in B. XI oder in B. III bezieht, lässt sich nicht entscheiden; doch scheint es auch nach seinen Angaben, dass es zwei verschiedene Orakel über den trojanischen Krieg gegeben hat.

alexandrinischen Kriege auf Cäsar's Seite gegen die Einheimischen gestanden hatten. Von dieser Zeit an hatten beständig Reibereien stattgefunden; unter Octavian schrieben sogar Chaeremon und Lysimachus gegen die Juden. Bei all diesen Streitigkeiten zeigten sich Augustus und Tiberius günstig gegen die jüdische Partei; erst unter Caligula liessen die Römer der Wuth des Pöbels ihren Lauf. Wenn nun das Buch, wie sich aus vielen Kennzeichen schliessen lässt, unter Augustus oder Tiberius geschrieben ist, so erklärt sich sowohl die Drohung gegen die Aegypter, die durch dies Orakel vor weiteren Feindseligkeiten gewarnt werden sollten, als auch die Mässigung gegenüber der römischen Weltherrschaft, die sich bisher sehr wohlwollend gegen die alexandrinischen Juden gezeigt hatte. Es wäre damals weder politisch noch ungefährlich gewesen, wenn der Dichter dem römischen Kaiserhause den Untergang geweissagt hätte. Wenn derselbe freilich einer strengeren religiösen Richtung zugethan gewesen wäre, so hätte er, selbst wenn er in Aegypten wohnte, den Römern gegenüber nicht solche Toleranz gezeigt; doch der religiöse Gesichtspunkt tritt bei ihm völlig zurück. Religiöse Reflexionen aber hätten allein den Verfasser zur Opposition gegen das heidnische Weltreich der Römer veranlassen können; denn politische Gründe zum Hasse gegen Rom hatten die alexandrinischen Juden nicht. An eine eigentlich selbständige Herrschaft konnten sie ja nicht denken, wie ihre Volksgenossen in Palästina; so war kein Grund vorhanden, gegen die Römer aufzutreten, so lange sie ihnen die Freiheit des Cultus liessen und ihren Handel, wie ihre Privilegien, schützten. Die religiöse Einkleidung aber hat der Dichter darum gewählt, weil er hoffte, dass dann seine Worte mehr Eindruck auf die Aegypter machen würden.

So hat also B. XI die gleiche Tendenz, wie das dritte Maccabäerbuch, den Zustand der Juden in Aegypten erträglicher zu machen. Dass es bei der hier aufgestellten Hypothese über die Abfassungszeit möglich ist, **einen bestimmten practischen Zweck** des B. XI aufzuweisen, ist ein wichtiger Beweis für die Richtigkeit der Ansicht. Denn bei allen andern Annahmen ist es nicht möglich, irgend einen Zweck des Buches anzugeben.

Es bleibt noch die Aufgabe, einen Blick zu werfen auf die **Gründe, die für eine spätere Abfassungszeit des Buches geltend gemacht werden**. Soweit dieselben sich auf die Annahme stützen, dass B. XI ein Ganzes mit den drei letzten Büchern bilde und christlichen Ursprungs sei, sind sie bereits erledigt. Es werden aber auch noch andere Argumente vorgebracht.

Wenn man darauf hinweist, dass B. XI **hinter den ersten acht Büchern** steht und daraus schliesst, dass es jünger als diese sei, so ist dies völlig willkürlich; denn auch die ersten acht Bücher sind keineswegs nach der Zeit ihrer Entstehung geordnet, so dass das erste Buch das älteste in der Sammlung wäre. Zu einer derartigen critischen Arbeit ist der Sammler bei seinem dogmatischen Vorurtheile über Alter und Inspiration der Schriften völlig unfähig gewesen.

Wichtiger ist **der Umstand, dass B. XI, wie B. XII —XIV, in zwei Handschriftenfamilien fehlt***). Doch scheint gerade die dritte Familie (H.M.Q.V.), in der sich die vier Bücher finden, die ältesten Lesarten zu enthalten. So kann denn das Fehlen von B. XI—XIV in den beiden andern Familien nicht beweisen, dass sie zur Zeit der Entstehung jener Handschriften noch nicht zu der Sammlung sibyllinischer Orakel gehört hätten; vielmehr sind die vier Bücher in jenen Codices wohl nur durch einen Zufall weggefallen.

Vor allem wird auf das **Fehlen jeder äusseren Bezeugung** in den ersten Jahrhunderten hingewiesen. Von heidnischer Seite aber wird das Dasein des elften Buches schon ziemlich früh bezeugt**). Doch auch eine Stelle der (christlichen) **Oratio Constantini ad Sanctorum coetum** (c. 19) setzt schon die Bekanntschaft mit B. XI voraus.

---

*) Ueber die Eintheilung und Benennung der Handschriften vergleiche Friedlieb, p. LXXIII.
**) Siehe S. 79 f..

Sie lautet: ἡ τοίνυν Ἐρυθραία Σίβυλλα, φάσκουσα ἑαυτὴν ἕκτῃ γενεᾷ, μετὰ τὸν κατακλυσμὸν, γενέσθαι, ἱερείαν τοῦ Ἀπόλλωνος . . . . Der erste Theil dieser Aussage bezieht sich, wie früher nachgewiesen, auf B. I, 287 und 288; der Schluss aber beweist, dass in einer der zu Constantin's Zeit von den Christen anerkannten Sibyllenschriften sich eine Stelle befunden hat, die auf die Verbindung der Sibylle mit Phoebus hinwies. Der Name Erythraea ist nämlich, wie Bleek nachweist*), in dieser Schrift nicht wie bei Lactantius und anderen Schriftstellern auf die Sibylle des dritten Buches beschränkt**), sondern ist in derselben = Sibylle überhaupt. Da sich nun weder in B. III noch in den andern sibyllinischen Büchern irgend ein Hinweis auf die Verbindung der Sibyllen mit Apollo findet, so ist man auf die unverkennbaren Anspielungen von B. XI angewiesen. So zeigt es sich denn, dass schon zur Zeit Constantin's dies Buch bekannt war, also nicht erst im fünften oder siebenten Jahrhundert n. Chr. abgefasst sein kann. Es könnte immerhin auffallen, dass die Schrift erst im vierten Jahrhundert von einem christlichen Schriftsteller bezeugt wird; doch ist das Stillschweigen des Lactantius und anderer Schriftsteller über dasselbe leicht zu erklären, da der religiöse Werth des Orakels sehr gering ist und nicht eine einzige Stelle zu apologetischer oder dogmatischer Verwerthung sich eignet***).

---

*) a. a. O. I. S. 240.

**) Dass der Erythraea auch andere sibyllinische Orakel als B. III in späterer Zeit zugeschrieben wurden, ergibt sich unter anderm aus dem eigenthümlichen Prosazusatz zwischen B. I, 359 und 360: ‚Εἶτα πρὸς τοῖς εἰρημένοις ἐπάγει ἡ Ἐρυθραία.' Siehe Alexandre a. a. O. S. 46.

***) Ob B. XI in mittelalterlichen Schriften citirt oder benutzt ist, ist mir unbekannt. Doch liesse sich, da die sibyllinischen Schriften in dieser Zeit sehr viel gelesen wurden, sicher manche Benutzung derselben nachweisen. Wenn dies gelänge, könnte man auch die interessante Frage annähernd entscheiden, wann B. XI aus dem Gesichtskreise der Gelehrtenwelt verschwunden ist.

Wenn aber auch demgemäss die äussere Bezeugung dem B. XI nicht günstig ist, so findet sich doch noch eine andere Art der Bezeugung, die im höchsten Grade wichtig ist. Es gibt eine Reihe von **Stellen in den übrigen sibyllinischen Büchern,** welche Stellen des elften Buches nachgebildet sind, also vom Dasein desselben Zeugniss geben. So ist es im höchsten Grade wahrscheinlich, dass **B. V** dies Orakel gekannt hat. Vergleiche V, 1—12 mit B. XI *). Auch die Weissagung gegen Memphis V, 60—72 scheint der gegen Aegypten XI, 298—314 nachgebildet zu sein. Vergleiche XI, 299 und 305—314 mit V, 61—64; XI, 300 mit V, 60 und 65; XI, 313 mit V, 70; XI, 307 f. mit V, 68. Buch V ist spätestens gegen das Jahr 200 geschrieben; so findet sich eine ziemlich sichere Bezeugung von B. XI aus dem zweiten Jahrh. n. Chr. **Buch XII** kennt ohne Zweifel das elfte Buch. Man vergleiche ausser den bereits früher berührten Stellen **) den Schluss von B. XII, 292—298 mit B. XI, 315—324. Bei einer aus der Nachahmung des späteren Dichters leicht erklärbaren Aehnlichkeit findet sich eine sehr characteristische Abweichung. Die delphische Sibylle (B. XI) geht nach Delphi und wendet sich an den „**König**" **(Phoebus),** ganz ihrer angenommenen Rolle getreu; die Seherin des zwölften Buches aber wendet sich an den „**König der Welt**", den unsterblichen, und weiss nichts mehr von der μανία, um deren Wegnahme die Prophetin in B. XI den Phoebus bittet. Diese Verschiedenheit beweist klar, dass B. XII zu einer Zeit geschrieben ist, da das Bewusstsein von der eigentlichen Bedeutung der Sibyllen sich verwischt hatte, während der Dichter von B. XI noch zwischen heidnischer und jüdischer Auffassung zu vermitteln sucht. Wieviel plumper ist doch auch der Eingang von B. IV, der dem Leser sofort jede Illusion nimmt, indem die Sibylle sagt, sie sei nicht des betrüglichen Phoebus Wahrsagerin. Mit diesen Worten

---

*) Siehe S. 74.
**) Cf. XII, 1—10 mit B. XI; XII, 12 mit XI, 230 f.; XII, 17 mit XI, 313. Siehe S. 74 und S. 70 und S. 71.

spielt sie vielleicht sogar auf das Ende des elften Buches an, dessen Accomodation sie nicht zufrieden stellte. In diesem Falle fände sich noch ein Zeugniss für die Existenz von B. XI im zweiten christlichen Jahrhundert. Auch der Eingang von B VIII scheint sich auf die Prophezeiung der delphischen Sibylle zu beziehen, denn die Reihenfolge der aufgezählten Hauptvölker ist dort dieselbe, wie in B. XI; aber diese chronologische Reihenfolge stammt hier, wie dort, aus B. III, .159—161.

Gegen die hier angenommene Abfassungszeit könnte etwa noch geltend gemacht werden, dass diese Sibylle viele Namen durch Nennung des Anfangsbuchstabens (in Acrostichen) bezeichnet, während sich bei der erythräischen Sibylle (B. III) kein Beispiel derartiger Namensangaben findet. Doch war schon zu Cicero's Zeit jene künstliche Verhüllung der Namen üblich; denn er schreibt *), dass die Sibyllen Acrostichen gedichtet hätten und beweist daraus, dass ihre Schriften nicht im Zustande der Ecstase geschrieben sein könnten. Selbst Ennius hat sich schon dieser poetischen Form bedient.

Ebenso kann auch die **Anwendung der Erbauungsära** nicht als Beweis einer späteren Abfassung angesehen werden, wie Lücke behauptet **). Denn abgesehen davon, dass dieselbe schon unter Augustus vielfach im Gebrauch war ***), also selbst ihre Benutzung nicht gegen die hier aufgestellte Ansicht sprechen würde, ist ja die Zeit von Romulus bis zu Cäsar's Tode (v. 273) völlig abweichend von der reci. pirten Aera angegeben (auf 420 oder höchstens 620 Jahre statt auf 710). Daraus lässt sich gerade schliessen, dass der Dichter zu einer Zeit gelebt hat, da jene officielle römische Aera noch nicht der ganzen Welt bekannt war. Erst in den späten Büchern VIII und XIII findet sich die gewöhnliche Rechnung nach Jahren der Stadt Rom ($Ῥώμη$ = 948; VIII, 148 und XIII, 46).

---

*) De divinatione 2, 54.
**) §. 15 S. 270 a. a. O.
***) Siehe Niebuhr, römische Geschiche, Band 1, S. 271.

Man könnte schliesslich noch als Beweis einer späteren Abfassungszeit des elften Buches die **ungebräuchlichen Wörter und Constructionen** anführen, die in demselben vorkommen. Friedlieb hat ein Verzeichniss derselben in seiner Einleitung gegeben*). Wirklich Hapaxlegomena sind: μεροειδής (v. 65) und ὑπεραυία (v. 110). Auch παιδεύεσθαι in der Bedeutung „sich bilden" kömmt sonst nicht vor. Προκίων (v. 288) und τοράτροις (v. 188) finden sich allerdings nirgends sonst; dies bestätigt aber nur die Vermuthung, dass sie durch Textescorruption entstanden sind. Von den übrigen Wörtern werden einige sogar häufig von Homer gebraucht, den die Sibyllen mit Vorliebe nachahmen. Dahin gehören: αἰχμητής (v. 130), ἅλμη (v. 156), μῶλος Ἄρηος (v. 167). Selbst bei andern Classikern ausser Homer finden sich manche jener Wörter: κυανοχρώς (v. 68) bei Euripides und κεφάλαια (v. 166) bei vielen andern. Andre sind besonders bei Schriftstellern kurz vor Christus oder zur Zeit von Christus gebräuchlich, bei Manetho, Polybius, Dion. Halic., Pseudo-Phocylides, Plutarchus u. a. Dahin gehören λωβάω als Activ (v. 71), δικτάτωρ (v. 275), κακοεργίες (v. 281), νεοτρώτων (v. 282), θρεπτῆρα (v. 302). Ἀνδροβόρος (v. 291) steht in einem Epigramme der Anthologia Palatina 7, 206. und ist gebildet wie das bei Manetho und Sib. B. III, 790 vorkommende σαρκοβόρος. Ἀμφιβαλεῖν στάσιν (v. 211) ist eine ähnliche Construction, wie die bei Eurip. Andromache v. 110: ‚ἀμφιβαλοῦσα δουλοσύνην κάρα'. Von ἐρατωπός (v. 84) findet sich wenigstens das Femininum; von ἐκχύματα der Singularis Sib. B. III, 320, woher die ganze Wendung entnommen ist. Statt der Construction ἄρξουσι mit dem Dativ verbessert Alexandre ἄρξονται; und ἑσπομένοισι ist entweder mit Mai in das bei Homer häufige ἑσπομένοισι oder in das in der Originalstelle Sib. B. III, 418 gebrauchte ἑσσομένοισι zu ändern. Eigentliche Barbarismen finden sich nicht in dem Buche; eher liessen sich Latinismen nachweisen, wie in der Apostelgeschichte und dem Marcusevangelium **).

---
*) a. a. O. p. LXIII.
**) Aus diesen Latinismen etwa auf ein lateinisches Original

Das elfte Buch ist im Ganzen, wie B. I und II, **nicht fein stilisirt;** aber auch in dem anerkannt vorchristlichen B. III finden sich viele Verstösse gegen die Gesetze des Rhythmus und der Sprache. Was aber die ungewöhnlichen Wörter und Constructionen anlangt, die hie und da sich finden, so sind dieselben nicht auffällig; denn bei jedem Schriftsteller zur Zeit Christi finden sich manche Hapaxlegomena und hier erklären sie sich leicht, da die Sibylle in einer gewählten Sprache schildern will.

So entscheidet auch der sprachliche Character des Buches nicht gegen das Ergebniss der historischen Untersuchung, nach welchem die Schrift **in der ersten Zeit des julischen Kaiserhauses** entstanden ist.

---

des elften Buches zu schliessen, von dem nur die Uebersetzung sich erhalten habe, verbieten die häufigen Wortspiele, sowie die Anklänge an die Sprache Homers.